조용한 외출

박미윤
2009년 제주신인문학상, 2016년 소설집 『낙타초』, 2020년 장편소설 『연인』,
2022년 소설집 『조용한 외출』, 백록문학상, 영주문학상 수상
제주문인협회 회원, 제주펜 회원, 애월문학회 회원, 애인 소설동인

조용한 외출

ⓒ 박미윤, 2022

2022년 11월 5일 초판 1쇄 발행

지은이 박미윤 **펴낸이** 김영훈 **편집인** 김지희 **디자인** 나무늘보, 이은아, 김지영
펴낸곳 한그루 **출판등록** 제6510000251002008000003호
주소 제주특별자치도 제주시 복지로1길 21 **전화** 064 723 7580 **전송** 064 753 7580
전자우편 onetreebook@daum.net **누리방** onetreebook.com

ISBN 979-11-6867-053-2 (03810)

이 책은 제주특별자치도와 제주문화예술재단의
2022년도 제주문화예술지원사업 후원을 받아 발간되었습니다.

값 12,000원

조용한 외출

박미윤 소설집

作가의 말

'느리지만 꾸준히 글을 쓰고 싶다.'
6년 전 첫 작품집 낼 때 작가의 말은 단 이 한 줄이었다.

그동안 꾸준히 쓰지 않았다.
많은 시간을 소설을 계속 쓸 수 있을까 자문하고 의혹에 휩싸여 보냈다.
그러나 글을 전혀 쓰지 않는 나를 상상하기 힘들었다.
이 창작집의 몇 작품은 그런 혼돈에서 건져 올린 것들이다.
내가 써보지 않은 새로운 시도를 하고 실패를 거듭할수록
일상의 균열에서 생기는 개인의 공포와 마주할 수 있었다.

내 작품들이 외롭고 지친 누군가에게 가 닿았으면 좋겠다.

차례

여행을 떠나요

11

당신의 유토피아

37

울기 좋은 방

65

조용한 외출

87

마중

117

마지막 춤은 나와 함께

153

여행을 떠나요

여행을 떠나요

여리가 눈을 떴을 때 제일 먼저 눈에 들어온 것은 화려한
샹들리에였다. 그것은 천장에서 쇠사슬에 의지해 아래로 드
리워져 있었다. 마름모 모양의 크리스털들이 전등을 꽃술처
럼 감싸 안고 반짝반짝 빛났다.

여기가 어디지?

여리는 조각난 기억들에 집중했다. 그럴수록 머리가 더 텅
비는 느낌이었다. 여리는 친구인 진과 외국 여행 중이라는 생
각을 해냈다. 여리와 진은 어제 오후 4시쯤 대만에 도착하여
패키지상품으로 타이베이를 선택한 다른 여행자들과 몽골식
식당에서 바비큐 요리를 먹었다. 그 후 야시장에서 맡았던 취
두부 냄새도 생생했다. 하수구에 썩은 쥐 여러 마리가 방치돼

있는 듯한 아찔한 냄새를 견디며 열대과일을 사서 호텔로 돌아온 것도 기억났다. 어제 잤던 호텔에는 이인실에 침대가 두 개 나란히 놓여 있었다. 그 침대는 가장자리가 한눈에도 고급스러워 보였다. 침대 머리맡에 정교한 무늬가 음각되어 있었다. 그러나 여리는 침대도 없이 매트 위에 누워있었다. 매트도 그렇지만 전날 잤던 호텔 방에는 샹들리에가 분명 없었다.

진은 어디 갔지? 왜 나만 이 낯선 방에서 일어난 걸까?

여리는 다시 기억을 모았다. 야시장에 다녀와 호텔 방에서 진과 맥주 파티를 했다. 호텔 가까운 곳에 있는 편의점에서 대만 맥주를 골랐고 안주는 한국어로 감자칩이라 쓰여있는 과자를 골랐다. 외국에서 마신다는 이유만으로도 맥주는 목을 잘 넘어갔다. 화장실에서 토할 정도로 많이 마셨다. 그 후에 '굿나잇' 하면서 안대를 쓰던 진의 모습도 기억났다.

여리는 자기 소지품들이 있는지 확인했다. 화장대 앞에 놓여 있던 여리의 가방이 사라졌다. 어제는 분명 있었던 화장대나 옷장, 티테이블도 보이지 않았다. 매트리스가 가구의 전부였다. 천장의 화려한 샹들리에가 삭막한 방과 어울리지 않는 소품처럼 보였다.

여리는 시간을 확인하고 싶었지만 방 안에 시계가 없었기 때문에 먼저 창밖을 보기로 했다. 암막 커튼을 옆으로 걷었다.

암막 커튼 안에는 다시 레이스 커튼이 있었다. 여리는 레이스 커튼을 걷었다. 그러나 거기에는 창문이 없었다. 창문이 있기는 했다. 창문이 그려져 있었다. 여리는 헉하고 숨을 참았다. 그리고는 현관문이 있는 쪽으로 뛰어가 문손잡이를 잡으려 했다. 그러나 문손잡이는 잡히지 않았다. 현관문 또한 정교하게 그려진 그림일 뿐이었다.

여리는 창문이 아닌 창문과 현관문이 아닌 현관문을 노려보았다. 언젠가 미술관에서 본 운동화가 떠올랐다. 너무나 사실적으로 표현돼 있어서 실물처럼 보이지 않는 운동화는 끈의 보풀까지 묘사돼 있었다. 그때 여리가 생각한 것은 디테일의 산만함이었다. 모든 것이 세밀하게 표현돼 있어서 눈길이 그만큼 산만해졌다. 그러나 여리가 지금 바라보는 창문과 현관문은 여러 디테일이 생략되어 있지만, 창문과 현관문이라는 뚜렷한 느낌을 주었다. 마치 창문과 현관문의 핵심만 그려놓은 것처럼.

감금이라든가 사육이라는 단어들이 여리의 머릿속에서 돌아다녔다. 자신이 잠자고 있는 사이에 이 방으로 옮겨졌고 자신의 행동을 모니터로 보는 사람들이 있는 것만 같았다. 그러면 카메라는 어디에 있는 걸까. 여리는 카메라 구멍이라고 생각될 만한 것들을 찾아 두리번거렸다. 그러나 의심하면 카메라 구멍처럼 보이는 것들은 너무 많았다. 샹들리에의 모든 반짝거림이 구멍처럼 보였고 벽지 무늬들이 전부 카메라 구멍처럼 보였다.

내가 누구한테 원수를 진 일은 없었나?

여리는 매트 모서리에 흘러내릴 듯 걸터앉아 머리를 굴렸다. 이해가 되지 않았다. 자신에게 복수하기 위하여 납치힐 필요성이 있었다면 굳이 대만에서 납치할 이유가 있을까. 한국에서 납치했을 때보다 위험부담이나 수고로움이 몇 배로 커지는 일이었다. 여리는 진과의 이번 대만 여행이 우연이 아니라 잘 짜인 각본은 아니었는지 의심하기 시작했다. 대만을 여행지로 꼽은 것은 진이었다. 여행계 돈이 충분히 모이고 국외 여행을 결정하게 되었을 때 진은 말했다.

-대만이 '꽃보다 할배' 촬영지여서 요즘 핫하잖아. 내가 그 방송 봤는데 한 번은 꼭 가봐야겠더라.

복합 상가 일 층에서 옷가게를 하는 진은 여러 가지 쓸데없는 정보를 잘 알았다. 여리는 체코의 프라하에 가고 싶었지만, 진의 제안을 받아들였다.

진이 대만을 선택한 것이 감금과 연결됐을까.

진은 도매가로 준다며 여리에게 옷을 자주 팔았다. 그러나 여리 딴에는 팔만 원이라는 거금을 주고 산 옷이 버젓이 인터넷에서는 오만 원도 되지 않는 가격이라서 진을 신용하지 않았다. 여리가 진에게서 샀던 다른 원피스는 목깃 안쪽으로 미세하게 파운데이션 자국이 남아 있었다. 고객이 샀다가 몇 번 입고 나서 반품했거나 가게에서 한 번 입어보는 중에 그 자국이 남았으리라 짐작했다. 여리가 그 사실을 얘기했을 때 진은 얼굴색을 갑자기 바꾸며 지갑에서 만 원을 꺼냈다.

-이거 드라이클리닝비 해.

여리는 자신이 그 자국을 얘기하면 옷을 팔 때 다른 고객에게 더 주의하리라 생각했다며 만 원을 극구 받지 않으려 했지만, 진은 굳은 얼굴로 여리에게 말했다.

-내가 알면서 팔았다는 거야?

진의 말은 쩍쩍 갈라지는 얼음장 같았다.

여리는 머리를 흔들었다. 진과 몇 번의 갈등이 있었다고 해도 생각나는 것은 이 정도였다. 진은 친구들 중에서 가장 깍쟁이 짓을 했어도 살림이 궁색한 편이 아니었다. 단지 자신의 이익을 더 신경 쓰는 장사꾼일 뿐이었다. 돈이 궁해서 제삼자의 사주를 받고 친구를 대만까지 유인할 사람은 아니었다.

여리는 진도 자기와 같은 상황이란 쪽으로 생각을 굳혔다. 자신만 힘든 상황이 아닐 거라는 믿음은 여리에게 어떤 안도

감을 주었다.

철컹!

여리는 깜짝 놀라 소리가 나는 쪽을 바라보았다. 투입구라 생각하지 못했던 곳에서 식판이 불쑥 들어왔다. 벽 바닥의 모서리 부분에서 태어난 듯이 식판은 오도카니 놓였다. 그곳에서 식판이 나올 것이라는 건 생각할 수가 없었다. 벽지 문양이 네모난 투입구를 감추고 있었다. 여리는 재빨리 투입구 쪽으로 가 그쪽 벽을 두드렸다.

-여보세요. 왜 내가 여기 갇혔는지 제발 말 좀 해봐요. 이봐요.

여리가 두드리는 소리가 공명처럼 벽에 울렸지만, 벽 건너편에서는 어떤 소리도 들리지 않았다.

여리는 식판 위의 음식들을 바라보았다. 영화에서처럼 만두만 있는 식판은 아니었다. 쇠고기볶음이 반찬으로 나왔고 잡곡밥에 무된장국이었다. 흉기가 될 만한 젓가락은 아예 없었고 식판과 숟가락은 단단하지만 고무 재질이었다.

살아남을 거야, 그래, 꾸역꾸역 밥을 먹어야지.

숟가락은 밥이나 국을 뜰 수 있었지만 센 힘을 주자 휘어졌다. 그건 자해나 자살로 쉽게 죽게 하지 않겠다는 의도로 읽혔다. 여리는 갑자기 식욕이 가셨다.

여리는 투입구가 벽지 무늬로 완벽하게 위장된 것처럼 다른 비밀 문도 그렇게 존재하는 것 같아 조심스럽게 손끝으로 벽을 쓸어보았다. 투입구가 있는 곳은 틈이 손으로 만져졌다. 그러나 그것은 가까이 다가가서 눈으로 보아도 잘 알 수가 없을 정도로 위장돼 있었다. 여리는 손끝의 감각에 집중했다. 벽지의 무늬는 정사각형의 기하학적인 패턴을 가지고 있었다. 그런 정사각형이 모여서 프랙탈처럼 큐브 모양이 반복됐다. 여리는 벌겋게 상기된 얼굴로 정사각형 무늬의 변들을 그려나갔다. 그러나 다른 문의 윤곽은 찾을 수 없었다.

여리는 자신이 여기를 빠져나가지 못할 것이라는 공포보다 갇힌 이유를 모를 거라는 게 더 견딜 수 없었다. 건물이 무너져 거기에 깔려 죽어가더라도, 교통사고를 당해 구급차가 오기 전에 죽어가고 있더라도 지금의 상황보다는 나을 것 같았다. 그 죽음은 왜 자신이 죽어가는지 이유를 알 수 있기 때문이었다. 이유도 모른 채 여기에 갇혀 죽는다면 여리는 자신의 삶이 너무나 하찮아질 것 같았다.

여리는 투입구 저편에 사람이 대기해 있기라도 한 것처럼 투입구를 손으로 쾅쾅 때렸다.

-내가 우습냐, 나를 왜 여기에 가뒀어, 이 새꺄!

손이 아려왔다. 그러나 한번 몸에서 무언가를 때리는 힘이 솟아나자 여리는 걷잡을 수 없었다. 여리는 식판을 번쩍 들어 방바닥에 내리쳤다. 식판이 엎어지며 음식물들이 폭탄 파편처럼 튀었다.

치익, 치익.

무엇인가 분사되는 소리가 들렸다.

여리는 천천히 눈을 떴다. 여리는 매트 위에 누워있었다. 엎어진 식판과 사방으로 튀었던 음식물들은 깨끗하게 사라졌다.

투입구가 열리면서 식판이 들어왔고 투입구가 닫히려 했다. 여리가 번개처럼 그쪽으로 몸을 날려 투입구를 벌리려 했지만, 투입구가 닫히는 건 순식간이었다. 여리의 오른손이 투입구에 끼었고 여리는 비명을 지르며 손을 뺐다. 투입구가 완전히 닫혔다.

여리는 그 순간 다른 누군가의 비명을 들은 것 같았다. 환청처럼 그 아이의 비명이 들렸다. 윤주. 그 아이 이름은 윤주였다. 수용이가 12개월도 되기 전이었다. 여리는 엄마가 사는 시골집에 내려와 있었고 옆집 아이가 자주 놀러 왔다. 그 아이는 할머니와 살고 있었다. 주사를 부리는 윤주 아빠 때문에 윤주가 네 살 때 윤주 엄마가 집을 나가 버렸고 윤주 아빠도 교통사고로 죽었다고 했다. 사랑을 받지 못한 윤주는 여리 주위를 맴돌았고 여리는 윤주가 놀러 오면 간식을 만들어주고 머리도 빗겨 주었다.

윤주를 일주일 정도 집에서 데리고 있어야 하는 일이 생겼다. 옆집 할머니가 행상을 나갔다가 다쳐서 병원에 일주일 정도 입원을 하게 돼 윤주를 보살펴줄 사람이 없었다. 평소에 윤주를 여리가 살뜰히 돌봐줬기 때문인지 윤주 할머니가 여리라면 마음을 놓겠다며 부탁을 했다.

여리 엄마가 편찮은 이모를 병문안하고 거기서 이틀 묵는다 해서 집에 여리와 수용, 그리고 윤주만 남게 된 날이었다.

-아줌마, 아기들은 어떻게 생겨요?

윤주가 흔들 요람에 누워있는 수용을 바라보며 물었다. 여리는 일곱 살짜리에게 어떻게 설명을 해줘야 할까 잠시 고민했다.

-엄마, 아빠가 사랑해서 아기가 생겨. 윤주도 엄마, 아빠가 사랑해서 낳은 거고.

-그럼, 엄마는 바꾸지 못하는 거예요? 아줌마가 내 엄마였

으면 좋겠다.

여리는 실소가 나왔다. 일곱 살짜리는 여리를 엄마라고 부르고 싶다는 것을 자기 식으로 표현한 것 같았다.

-그럼, 한 번만 아줌마한테 엄마라고 불러봐도 괜찮아.

-그건 안 되죠. 아줌마는 수용이 엄마잖아요.

윤주가 단호하게 말해서 여리는 조금 놀랐다.

여리는 수용이와 윤주가 잠든 것을 확인하고 잠깐 가게로 향했다. 가게에서 부식 거리를 사고 윤주를 위해서 과자도 사서 나오는데 뭔가 불길한 기운에 여리는 걸음이 빨라졌다. 집에 가까워지자 수용의 울음소리가 찢어질 듯이 들렸다. 여리는 가게에서부터 들고 있던 봉지를 내팽개치고 집으로 달렸다. 윤주가 사발을 들고 쩔쩔매면서 발을 동동 구르고 있었다.

-수용이를 안았는데 미끄러졌어요. 우리 할머니가 정신없을 때는 물을 먹이면 된다고….

윤주의 말이 끝나기도 전에 여리는 윤주를 밀치고 수용을 안았다. 수용의 얼굴과 머리가 젖어 있었다. 수용은 여리가 안자 울음이 잦아들었다. 크게 다치지는 않은 것 같았다. 여리는 병원에 가기 위해서 택시를 불렀다. 이상이 없는지 확인해야 안심이 될 것 같았다.

-넌 이 방에서 꼼짝 말고 있어.

여리는 윤주의 손을 억세게 잡고 방에 내동댕이치듯이 했다.

-아줌마, 나도 갈래요. 무서워요.

윤주가 방에서 나오려 했지만 여리는 문을 쾅 닫았다. 여리는 윤주의 손가락이 문틈에 끼이는 것을 본 것 같았다. 무의식적으로 다시 문을 연 것이 그것을 증명했다. 겁이 나 제대로 울지도 못하는 윤주가 손가락을 뺀 사이에 재빨리 여리가 다시 문을 닫았다. 여리는 뒤도 돌아보지 않고 택시를 타기 위해서 골목을 내려갔다. 밖은 어둠이 짙어지고 뒤꼍의 대나무들이 바람에 부대끼며 솨솨솨 소리를 냈다.

병원에서 돌아오자 집엔 정적이 내려앉았고 아무도 없는 것처럼 보였다. 여리는 잠든 수용이를 안방에 누이고 윤주가 있는 방으로 들어갔다. 윤주는 다친 손가락을 입에 물고 잠들어 있었다. 여리는 양심의 가책이 일었다. 여러 가지 검사 끝에 수용이가 전혀 다친 데가 없다는 진단을 받고 난 이후여서는 아니었다. 자기 자식만 귀한 줄 알아서 남의 자식을 잔인하게 내팽개쳤다는 후회가 밀려들었다.

-윤주야, 일어나 봐. 아줌마가 미안해.

윤주가 눈을 부스스 떴다. 울어서 눈덩이가 부었다. 여리는 윤주의 다친 손가락을 들어 보았다. 다행히 뼈는 상한 것 같지 않았다. 피부가 벗겨지고 약간 붓기가 있었다. 여리는 응급 상자를 꺼내 윤주 손가락의 상처에 약을 바르고 밴드를 둘렀다. 윤주는 아무 말이 없었다. 여리는 엄마 집으로 내려올 때 사 온 쇠고기를 꺼내 해동했다. 윤주가 고기를 좋아한다는 것을 알기에 여리는 미안한 마음을 표현하고 싶었다.

-많이 먹어. 아까는 아줌마가 정신이 없었어. 할머니한테는….

-말하지 않을게요. 내가 놀다가 다쳤다고 할게요.

윤주는 여리의 눈을 보지 않은 채 고기만 허겁지겁 먹었다.

-천천히 먹어. 많이 있어. 물도 좀 마시고.

여리는 쇠고기볶음을 윤주 앞으로 당겨주었다.

윤주 할머니가 병원에서 퇴원했을 때는 윤주의 상처가 말끔히 나아 있어서 상처에 대해서 해명할 필요가 없었다. 윤주 할머니가 여리에게 고맙다며 손을 잡을 때 여리는 할머니의 손이 불편하기만 했다. 윤주 할머니가 오고 나서도 윤주는 집에 와 혼자 놀다 가고는 했다. 할머니가 밥때에 놀러 가서 민폐 끼치지 말라고 했는지 밥때는 피했지만 여리는 윤주가 오면 주려고 간식거리를 미리 준비해놓고는 했다. 한 달간 엄마 집에 머물고 여리는 자기 집으로 돌아왔다. 엄마에게 안부 전화할 때 생각났다는 듯이 윤주의 소식을 물어보고는 했다. 윤주는 초등학교 3학년 때까지 옆집에 살다가 할머니가 치매로 요양원에 들어가게 돼서 청주에 사는 고모네한테로 갔다고 했다.

다쳤을지도 모르는 윤주를 깜깜한 밤에 혼자 집에 두었던 것에 대한 기억은 여리의 마음을 콕콕 찔렀다.

내가 만약 윤주라면 어릴 때 그 일로 복수를 할 수 있을까.

가능성이 낮아 보였다. 어릴 때부터 주눅 든 얼굴이었던 윤주가 이 모든 것을 꾸몄을 거라는 상상이 되지 않았다. 반찬으로 나온 쇠고기볶음이 마음에 걸리긴 했지만 여리는 후보에서 윤주를 지웠다.

여리는 자기를 이런 곳에 가둘 만큼 원한을 산 일이 떠오르지 않았다.

애증?

여리가 유부녀인 걸 알면서도 사랑을 고백하던 남자가 있었다. 겸은 수용이 다니던 미술학원의 원장이었다. 미술학원은 원장인 겸 혼자 운영했고 상담은 수업이 끝난 후 한 시간 동안만 받았다. 혼자 운영했기 때문에 원생을 많이 받지 않아서 세심하게 가르쳐준다는 입소문이 나 있었다. 여리는 수용에게 미술적 재능이 보여서 미술학원에 보내려고 결심한 것은 아니었다. 이미 수용은 영어학원과 수학학원에 다니고 있어서 학원비가 만만치 않았다. 그러나 수용이 미술학원에 보내줘야만 영어학원과 수학학원도 다니겠다고 했기 때문에 일주일에 두 번이라도 미술 교습을 받을 수 있는지 상담하려던 것이었다.

-수용이가 만화를 잘 그린다는 말이죠? 스케치북 갖고 오셨죠?

여리는 스케치북을 겸 앞에 놓고 표지를 넘겼다. 수용의 만화는 여리가 보기에 그다지 칭찬할 거리가 없었다. 로봇끼리 싸우는 만화도 있었고 친구들의 모습을 캐릭터로 해서 그린 만화도 있었다.

-여기 보세요. 표정이 살아있네요.

여리는 겸이 가리키는 얼굴을 바라보았다. 친구가 놀려서 화를 내는 표정의 얼굴이었다. 겸이 그렇다고 말을 하자 그 표정이 남다르게 보였다.

-수용이에게는 지금 표현 욕구가 넘치고 있어요. 사춘기의 학생들은 그 에너지를 무엇으로든 표출해줘야 건강하게 자랄 수 있지요. 이 시기에 운동으로 발산하는 아이들도 있지만 수용이의 경우에는 만화로 풀고 있으니 다행이지 않습니까? 그 응집된 에너지를 인터넷 게임에만 쏟는다고 생각해보세요.

여리는 겸의 말을 듣자 자신이 미술학원을 찾아온 것이 너무 다행이라는 생각이 들었다.

-그럼, 다른 학원과 시간이 겹쳐서 일주일에 두 번밖에 올 수 없는데 교습이 가능할까요?

-네. 성인반도 있으니 어머님도 미술에 관심이 있으면 같이 배우셔도 됩니다.

여리는 겸의 말을 듣고 고등학생 때 미술 선생님이 잘된 그림을 뽑아서 앞에 전시하며 칭찬할 때 자신이 빠지지 않았다는 것과 큰 대회의 상을 한 번 받았던 것까지 소환해냈다. 미술을 계속하겠다는 마음을 먹은 적은 없지만 여리는 그렇게 일주일에 두 번 미술학원을 찾게 되었다. 겸은 자신의 그림 그리는 방식을 강요하지 않았다. 어떤 주제에 대해 그리게 되면 직접 자유롭게 그리게 하고 잘된 점을 아낌없이 칭찬해 주었다. 그런 다음 이런 쪽에 더 신경을 쓰면 좋겠다는 말을 흘리듯이 했다. 그러나 그 흘리듯 한 말은 수강생이 그림을 잘 그리기 위해서는 꼭 고쳐야만 하는 부분이었다.

학원에는 겸이 그린 그림 몇 점이 벽에 걸려있었다. 풍경화가 대부분이었지만 하나는 인물화였다. 어떤 여자가 안개꽃을 안고 있는 누드화였다. 얼굴은 뚜렷하게 그렸지만 몸체는 전체적으로 뭉개진 것처럼 보였다.

-느낌이 어떤가요?

여리가 그 그림을 유심히 보고 있을 때 겸이 어느새 옆에 다가와 물었다. 겸은 연한 블랙커피를 여리에게 건넸다. 처음에 상담할 때 커피를 그렇게 달라고 한 것을 겸이 기억하고 있다는 데 여리는 마음이 흔들렸다.

-혹시 반대가 아닐까 하는 생각을 하고 있었어요. 얼굴은 잊어가고 육체는 또렷이 기억하는 그런 상황에 대한 표현이 아닐까 하고요.

-그런 해석을 한 사람이 없었어요.

-훗, 엉터리죠?

-아닙니다. 정확히 봐서 놀랐습니다.

여리는 겸을 바라보았다.

-전에 사랑했던 사람입니다. 시간이 지나니 얼굴은 점점 잊혀 가는데 몸은 잊히지 않는 겁니다. 무릎에 있던 흉터라든가 배꼽 위에 있던 조그만 점까지도요. 이 그림은 그것을 반영한 거지요. 그걸 여리 씨가 파악해서 놀랐어요.

여리는 겸이 '여리 씨'라 부르자 겸이 자신의 머리를 쓰다듬는 착각에 빠졌다. 누구에겐가 인정받는 게 이런 느낌이라는 걸 처음 알아챈 것 같은 기분이 들었다.

그것이 시작이었다.

-여기에 이렇게 붓 터치를 하면 거친 느낌이 더 살아날 거예요.

겸이 여리의 손을 잡아 스케치북 위에 그림을 그릴 때 여리는 느낄 수 있었다. 겸의 몸에서 뿜어져 나오는 열망이 그대로 여리의 몸으로 전달되었다.

-겸.

여리는 조그맣게 이름을 불러보았다. 그 목소리가 어떤 신호라도 되는 양 겸이 여리의 목덜미에 입술을 갖다 댔다. 여리는 겸의 입술이 닿은 목이 마치 화인을 찍은 것처럼 뜨거워지는 걸 느꼈다.

어느새 겸과 여리는 러브호텔을 드나드는 사이가 되었고 여리는 연애라는 그 달콤한 세계에서 빠져나올 생각을 할 수가 없었다.

여리가 겸과 헤어지게 된 것은 겸의 집착 때문이었다. 여리는 겸의 집착이 자신의 가정을 파괴할 것 같아 불안해지자 겸이라는 수렁에서 빠져나왔다. 겸의 세계는 달콤했지만, 정신을 차려보니 자신은 꿀 항아리에 빠진 파리 같았다. 여리가 일방적으로 이별을 통보하자 겸은 몇 번이나 여리의 마음을 되돌리려 했지만 여리의 마음이 확고하자 다시 전화하지 않았다.

여리는 겸과 헤어지고 나서 한동안은 마음의 갈피를 잡을 수 없었다. 자신도 모르는 사이에 눈물이 흐르곤 했다. 겸과의 마음을 담요를 개듯이 착착 접었다고 생각했지만, 그 사이사이에는 미련이라든가 추억이라는 갈피가 수없이 포개져 있었다.

겸이 그때의 일방적 절교에 앙심을 품고 나를 여기에 가두었을까.

여리는 아닐 것이라고 머리를 절레절레 흔들었다. 여리는 겸이 어떤 미모의 여성과 가깝게 밀착해서 걸어가는 것을 먼발치에서 보게 되었다. 예술가들이 예술적 감수성을 위해서 연애감정을 이용하기도 한다는 것을 책에서 보게 된 후로 여리는 겸의 감정이 싸구려 향수처럼 향기보다는 냄새에 가깝다고 생각했다.

겸을 후보에서 지우면서도 여리는 그림으로 그려진 창문과 현관문이 자꾸 마음에 걸렸다.

여리는 지금 이곳이 낮인지 밤인지 알 수 없어서 답답했다. 평소 10시에 잠을 잤지만, 이곳에서는 누워있을 때 설핏 잠들었다가 깨어나곤 했다.

여리는 매트에서 박차고 일어났다. 사자에게 쫓기는 가젤처럼 몸의 털 하나하나가 긴장으로 곤두섰다. 여리는 방 벽에

다 머리를 쿵 하고 부딪쳤다. 그러나 여리는 앞으로 튕겨 나갔다. 틈이 있는가 하고 사면을 손가락으로 더듬었을 때 분명 벽은 딱딱한 재질이었다. 그러나 여리가 자해하려고 머리를 세게 부딪혔을 때 벽은 여리를 밀쳐냈다. 벽 너머는 탄성이 좋은 재질로 되어 있는 모양이었다. 물에 풍덩 뛰어들었지만 발만 겨우 담글 수 있는 얕은 물인 것처럼 여리는 당황했다.

여리는 소용없을 줄 알면서도 현관문이 그려진 벽 쪽을 탕탕 두들기며 소리치기 시작했다.

왜 나를 여기 가둔 거야, 이유만이라도 알게 해줘. 왜! 나한테 왜 이래!

식판 투입구가 덜컹 열리며 쪽지가 떨어졌다.

네 번째 문에서 꽃은 피어나고
네 번째 문에서 열매가 맺는다

여리는 쪽지를 펼쳐 몇 번을 읽었다. 읽을수록 방에서 빠져나갈 수 있는 암호문이라는 게 분명한 것 같았지만 의미를 파악할 수가 없었다. 방의 문은 전부 세 개밖에 없기 때문이었다. 그림으로 그려진 현관문과 창문, 그리고 투입구만 있을 뿐이었다.

네 번째 문이 무엇일까.

여리는 넓지 않은 방을 빙빙 돌면서 생각을 거듭했지만 네 번째 문이 어디에 있는지 감을 잡을 수 없었다.

여리는 다시 벽을 꼼꼼히 손으로 더듬었지만, 문이라고 생각될 만한 틈을 찾을 수가 없었다. 여리는 천장으로 눈을 돌렸다. 천장은 손으로 더듬기에는 너무 높은 곳에 있었다.

그러나 샹들리에가 있었다. 샹들리에의 크리스털들! 꽃술처럼 모여있는 크리스털들! 네 번째 문에서 꽃은 피어나고.

여리는 매트 위에 이불과 베개를 올려놓고 높이 뛰었다. 누군가 여리의 모습을 보았다면 트램펄린 위에서 점프 놀이를 하는 철없는 어른으로 보였을 테지만 거듭되는 점프에 여리는 머리가 빙빙 돌고 눈알이 튀어나올 것만 같았다. 무엇이든 이 상황에 균열을 낼 수 있는 것이라면 자기 몸을 움직이는 것밖에 없었다. 여리는 온 정신을 발에 집중하여 펄쩍펄쩍 뛰었다. 마치 발아래로 보이지 않는 줄넘기 밧줄이 지나가기라도 하는 것처럼.

이게 마지막 힘이라 생각하는 순간, 여리는 샹들리에의 크리스털들을 거머쥘 수 있었다. 샹들리에를 붙잡자 그림이었던 현관문이 열렸다. 여리는 피투성이가 된 손바닥에 신경 쓸 새도 없이 매트 위로 나동그라졌고 열린 문을 향해 뛰어가 발을 내밀었다.

여리의 머리카락이 세찬 바람에 마구 헝클어졌다. 한 방향에서 불어오는 바람이 아니라 사방에서 불어오는 바람 같았다. 여리는 바람 때문에 눈을 뜰 수가 없었다. 머리카락이 바다의 미역 줄기처럼 여리의 얼굴에 붙었다가 떼어졌다. 여리는 몸이 휘청거리자 쪼그려 앉았다. 서 있을 때보다 훨씬 안정감이 들었다. 여리는 한 손은 바닥을 짚은 채 한 손으로 머리카락을 걷어내 흩날리지 않도록 잡았다.

여리가 본 것은 허공에 떠 있는 큐브들이었다. 가까이 있는 큐브는 안에 있는 사람이 보였다. 경찰서에서 범인을 취조하는 모습을 밖에서 다른 형사들이 볼 수 있게 만든 그런 방 같았다. 하늘에 슬어놓은 외계의 알처럼 공중에 떠 있는 큐브를 보자 여리는 더 도망갈 곳이 없다는 걸 느꼈다. 다시 방 안으로 들어가 방에 유폐되고 투입구에서 나오는 식사를 하며 생명을 연장하거나, 아니면⋯ 공간으로 떨어지는 방법이 있었다.

여리는 한순간 고민했다. 다시 방으로 들어가 누가 자신을 가뒀는지 알 수 없어서 괴로워하거나 공간으로 떨어지거나. 방으로 들어간다면 자기 앞에 놓인 미래는 한 가지였다. 탈출의 꿈도 없이 계속 자신을 괴롭히는 것. 그러나 공간으로 떨어진다면 다른 큐브와 부딪쳐 몸이 산산조각나거나 큐브와 부딪치지 않고 계속 공간 아래로 떨어지거나, 떨어지는 순간 안전장비가 튀어나오면서 여리를 다시 방으로 집어넣거나.

여리는 천천히 일어섰다. 발을 떼어 큐브 위를 걸었다. 금방이라도 바람이 여리를 공간 밖으로 내동댕이칠 것 같았다. 여리는 몸을 함부로 날리기보다는 큐브 끝까지 걸어가는 것을 택했다. 불가항력적인 바람의 힘보다는 자신의 의지로 공간 밖으로 나가고 싶었다. 몇 발자국 걷자마자 여리는 엉금엉금 기어야 했다. 바람이 여리를 낚아채려고 손의 갈고리를 펼치는 것만 같았다. 손바닥에 드디어 아무것도 잡히지 않았다. 여리는 심호흡을 한 번 하고 그 허공을 짚었다. 몸이 한 바퀴 돌면서 떨어지는 꿈을 꾼 것처럼 몸이 풀썩거리는 것 같았다.

삐이익!

여리의 귀에 익숙한 기계음이 들렸다. 여리가 천천히 눈을 떴다. 캡슐처럼 생긴 유리막이 위로 올려졌다.

-손님, 여행은 즐거우셨어요?

여리는 잠시 자기가 어디에 있는지 헷갈렸지만, 분홍색 제복을 입고 있는 인공지능 로봇이 낯설지 않았다.

여리는 몸을 일으켜 캡슐을 빠져나왔다. 약한 취기가 있는 듯 어질어질한 기분이 들었다.

-여기 앉아서 여독을 푸시기 바랍니다.

로봇이 여리에게 마사지 의자를 가리켰다. 줄지어 놓여 있
는 의자에 벌써 사람들이 꽉 차 있었다.

-저, 잠깐만요, 제가 여행을 간 건 맞는데 거기서 납치를 당
했어요. 여행이 즐거웠냐니 무슨 말이죠?

-네, 손님. 지금 여독이 풀리지 않아서 그런 의문이 드실 수
있어요. 그래서 저희는 항상 고객님을 위해 처음 설정한 스토
리와 옵션을 보관하고 있어요.

로봇이 여리 앞으로 모니터를 켰다. 거기에는 여리 이름으
로 여러 항목마다 체크가 돼 있었다.

대만, 친구와 여행, 납치, 탈출난이도 7.

여리는 자신이 겪었던 모든 것들이 자발적으로 자신이 설
계했다는 것이 믿기지 않았다. 여리는 대기실로 나왔다. 겸이
여리를 보더니 손을 흔들었다.

-먼저 나와서 기다렸어.

여리는 겸 앞으로 다가갔다.

-당신과 나는 헤어지지 않았나요?

겸이 어깨를 으쓱했다.

-몇몇 사람들은 가상체험 후에 현실과 괴리를 느낀다던데

당신이 그런 모양이야. 나랑 헤어지고 싶은 거야?

　-아니, 그런 게 아니라.

　-한 시간 후면 민감한 사람들도 다 제정신으로 돌아오니까. 이쯤 하자고.

　겸이 여리의 손을 이끌고 가상체험관의 현관문을 나섰다.

　-우리가 여기에 들어온 지 몇 시간이 지났지?

　-몇 시간이라니. 가상체험은 30분을 넘지 않아. 그 이상이면 우리의 뇌가 견딜 수 없거든. 우리는 15분쯤 머물렀어.

　-그럼, 15분 동안에 그 모든 걸 내가 겪었던 거야?

　여리는 바닥에 주저앉고 싶었다. 뭔가 억울한 기분이었다. 돈을 주고 뺨을 맞은 기분이었다.

　주차장에는 알록달록한 풍선을 건네주는 삐에로가 아이들에게 둘러싸였고 거기에 윤주가 있었다.

　-엄마!

　윤주가 빨간 풍선을 들고 여리를 향해 뛰어왔다. 여리는 두 손을 벌려 윤주를 안아줘야 한다고 생각했지만 두 손이 선뜻 앞으로 나가지 않았다. 겸이 그런 여리를 쳐다보았다. 여리는 자기 혼자 다시 가상체험 속에 남겨진 것 같았다. 여리는 눈을 감고 속으로 중얼거렸다.

　깨어나게 해 줘!

당신의 유토피아

당신의 유토피아

그녀를 과거의 섹스 부스에서 처음 만났다. 과거 전시관에선 쓰여 있는 각본대로 과거 상황을 재현해내는데 동물적으로 몸을 비벼대는 섹스를 보여주는 부스였다. 그녀의 눈빛을 보지 않았다면 다른 부스들처럼 대충 훑어보고 거기를 지나갔을 것이다. 남자가 헐떡일 때 그녀가 나를 보았다. 그 시선은 무연한 듯 나를 투시하여 지나갔다. 내 뒤에 또 다른 사람이 있는 줄 알고 뒤를 돌아보기까지 했다. 그 시선은 엄마를 생각나게 했다. 그녀에게 꼭 물어보고 싶은 게 생겨났다.

그녀의 주인에게 5000달콩이나 지불하고 그녀와 마주 앉을 수 있었다. 그녀는 피곤해 보였다. 주인에게서 5000달콩치의 서비스를 알아서 베풀라는 명령을 받았을 그녀는 그 특유의 나를 넘겨다보는 시선으로 물었다.

"제가 무얼 하면 되죠?"

"별다른 일은 없어요, 그냥 내가 물어보는 거에 답만 해주면 됩니다. 먼저, 뭐라 불러야 할지. 이름이라든가 그런 거 있지 않나요?"

그녀의 입가에 묘한 웃음이 어렸다.

"너, 넘버 세븐, 여자, 항이, 이 중에서 아무거나 골라서 불러요."

"항이로 하죠. 당신 눈은 내 엄마를 많이 닮았어요."

아빠는 신약의 임상실험에 참가했다가 부작용으로 목숨을 잃었다. 뚜렷한 직업이 없던 아빠는 보수가 좋은 신약 임상실험에 무시로 참가했고 운이 좋게도 별 탈 없었다. 아빠는 자신의 일을 오십 대 오십의 확률을 갖는 게임에 비유하곤 했다. 오십은 자신의 몸을 실험실에 내주고 두둑한 달콩 돈다발을 받는 것이고 오십은 자기 몸이 알 수 없는 화학 성분에 반응을 일으켜 지독한 후유증을 겪는 것이었다. 그러나 변수로써 후유증에 목숨마저 잃어버리는 상황은 차마 생각하지 않았던 것 같았다. 그렇지 않았다면 엄마가 속수무책으로 아빠의 죽음을 받아들이지 못하고 나에게서 아빠를 찾는 행동은 하지 않았을지도 모른다.

"오늘, 잘 지냈어?"

집단 학습을 마치고 집에 돌아왔을 때 엄마는 나를 투시하는 눈길을 하고 나를 바라보았다. 마치 집에 돌아온 아빠가 내 뒤에 있다는 태도 같았다. 그럴 땐 지금 문을 열고 들어온 게 내가 아니라 아빠였으면 좋겠다는 생각을 한 적도 있었다. 엄마의 그런 눈길은 문을 열자마자 달려가 엄마 품에 안기려던 발걸음을 낚아채고 '응'이라고 겨우 입을 달싹이며 빠르게 내 방으로 숨어들게 했다.

"뭐랄까, 쳐다보긴 하는데 그 너머를 투시하는 그런 눈길이 닮았어요. 당신은 무엇을 보고 있었나요? 나인가요, 아니면 나와 닮은 누구인가요?"

항이는 내 눈과 자기의 눈을 맞춰보려는 듯이 내 눈동자를 샅샅이 훑어 내렸다.

"당신 엄마의 경우는 어떤지 모르겠지만 난 특별한 사람이 아니면 눈을 잘 보지 않아요. 항이라는 이름을 줬으니까 당신도 마땅히 부를 만한 거 하나 줘 봐요."

"아리라고 불러요."

"내 이름이랑 합쳐서 부르면 항아리가 되네요. 그거 진짜 이름 아니죠?"

"부르기에 편하잖아요. 요즘 이름은 아무런 의미가 없어요. 모든 게 바코드만 있으면 다 소통이 되니까 특별한 사람들끼리만 이름을 지어 부르죠."

"영광인데요. 순간이겠지만 당신과 특별한 이름을 나눠 갖는다, 기분이 그리 나쁘진 않군요. 인심 쓰는 김에 조금만 더 인심 써 봐요. 나랑 외출해줘요. 여기에 들어온 1년 동안 외출을 한 번도 못 했어요. 아까 아리가 낸 5000달콩이면 나를 토막 내더라도 주인이 뭐라 못 할 금액이니까 외출 정도는 무난할 거예요."

항이는 마주 앉은 탁자에 바짝 다가앉으며 내 눈을 바라보았다. 내 너머의 누구를 보고 있을까 생각하지 않아도 되는 그런 눈빛으로.

항이와 나는 이동 캡슐을 타고 제3구역으로 건너왔다.

"왜 제3구역입니까? 여기 통행 코드를 받느라 넘버 123의 도움을 받아야 했어요. 내가 제1구역 사람이 아니었으면 통행 코드는 아예 발급받지 못했을 겁니다. 당신 고향은 제2구역이던데 거기 가고 싶지 않습니까?"

항이는 어두운 골목을 앞서 걷고 있다가 나를 향해 고개를 돌렸다.

"거긴 내가 돌아가 쉴 곳이 없어졌어요. 엄마는 돌아가셨고 아빠는 백신 계약금을 위해 나를 팔아넘기고도 계약이 만료되자 더는 달콩을 구할 수가 없었죠. 아버지는 미쳐버렸다고 들었어요. 수용소에서 삶을 마감하게 될 거예요. 아빠를 찾아간다는 건 나에게 너무 많은 에너지를 요구해요. 나를 팔아넘긴 사람을 바라보면서 저분이 그래도 아빠니까 용서하라는 천사표 마음을 끌어올리려면 앞으로 살아가야 할 에너지를 다 쏟아부어도 안 될걸요."

항이의 눈이 빨갛게 물드는 듯 보였다.

제3구역은 최소한의 불빛만 존재했다. 제3구역은 중앙시스템에 복종하지 않아 쫓겨난 사람들이 옛날 방식을 무조건 존중하는 사람들과 섞여서 살아간다. 최소한의 시스템만 제공되는 제3구역은 시스템 혜택의 불모지대이다.

제1구역과 제2구역에선 자기의 신체에 직접 관련된 모든 것을 제외하고 원하는 것 모두를 중앙시스템과 연결만 하면 해결할 수 있다. 내가 넘버 123을 만나고 싶다고 하면 넘버 123의 오늘 일정이 어떻게 되는지 중앙시스템과 연결해서 알아볼 수 있다. 넘버 123이 오케이하면 시스템이 만남의 목적에 가장 어울리는 장소를 예약해준다. 난 시스템이 연결해준 시간에 맞춰 그 장소에 나가기만 하면 된다.

중앙시스템이 없는 세상을 상상할 수 없다. 모든 길은 접속으로 통하기 때문이다. 제1, 제2구역이 질서, 정돈, 안전이란 단어들과 어울린다면 제3구역은 무질서, 혼란, 불안과 어울린다.

제3구역의 밤은 차다. 항상 일정한 온도를 유지해주는 제1구역에 적응된 몸은 한껏 솟아오른 닭살로 추위를 나타냈다. 체온 센서를 올려 몸에 열을 전달하려 했지만, 중앙시스템과 접속이 안 되는 제3구역에서는 소용없는 짓이었다.

항이는 내가 잘 따라오는지 한번 뒤돌아보는 법도 없이 잰걸음으로 걸었다. 누가 항이를 봤다면 약속에 늦어서 종종대는 사람처럼 보였을 것이다. 갑자기 양쪽 골목에서 검은 자루를 망토처럼 두른 사람들이 나왔다. 항이가 그 사람들에 가려져 보이지 않자 나는 망토들을 밀치며 신경질적으로 뛰었다.

"비켜주세요."

망토를 입은 사람들은 나를 위해 길을 비켜주는 것처럼 다시 양편 골목으로 스며들었다. 그 사람들이 사라지자 항이도 사라졌다. 골목 안엔 더러운 휴지들만 나부끼고 검은 망토들의 흔적이나 항이의 흔적은 없었다.

이제 난 어디로 가야 할까 전혀 알 수 없지만 항이의 걸음은 목적지가 있는 사람처럼 뚜렷했다는 데 생각이 미쳤다. 항이는 처음부터 나를 이용해 여기에 오려던 게 아니었을까. 이동 캡슐을 타고 돌아가야 할지 항이를 더 찾아봐야 하는지 망설였다. 항이의 주인에게 뭐라 설명하나 난감했다. 항이 주인에게 연락하고 그다음에 어떻게 해야 할지 주인의 반응을 보고 결정하기로 했다.

이동 캡슐 정거장 방향으로 걸었다. 골목으로 사라진 검은 망토들이 어디에선가 나를 주시하는 것 같아서 내 걸음은 빨라졌다. 항이와 내가 걸어왔던 방향으로 간다고 생각했지만, 골목을 다 빠져나온 그곳엔 캡슐에서 내렸던 정거장이 없었다. 그곳은 내가 캡슐에서 내렸던 곳이 분명했다. 캡슐 문이 열리자마자 눈앞에 '제3구역은 다른 구역의 쓰레기 하치장이 아니다, 쓰레기는 가라'라고 붉은 페인트로 조잡하게 쓴 글을 봤기 때문이다. 그 붉은 글씨들은 나를 조롱하는 것처럼 가로등 불빛을 받아 번들거렸다.

등줄기와 겨드랑이에 축축한 기운이 느껴졌다. 오랜만에 땀을 흘려보았다. 제1구역에선 최적의 온도 시스템이 항상 가동되고 있어서 상쾌한 몸 상태를 유지할 수 있었다. 옷에 밴 땀을 부착된 센서로 정화할 수 있지만 제3구역에선 이것도 무용지물이다. 그러나 정거장이라 짐작되는 곳에 속수무책으로 앉아있는 나는 옷이 쾌적한 상태가 되는 건 아무래도 상관없었다. 옷이 깨끗하게 정화된다 해도 내 기분이 개떡(난 이런 사어들을 좋아한다-옛날에 인간과 친밀한 관계를 맺었던 개란 동물이 먹다가 남긴 떡이 아니라 아무렇게나 만든, 거친 떡이다.)인데 옷이 무슨 대수냐 하는 기분이었다.

땀이 식으면서 추워지기 시작했다. 추위도 오랜만에 피부로 느꼈다. 제1구역의 자동시스템이 그리워졌다. 그리워지면서도 마음 한편으론 이런 경험을 해보는 것도 나쁘지 않다는 마음도 들었다. 제1구역 사람들은 이런 체험을 가상체험으로나 느껴볼 수 있기 때문이다.

넘버 123도 그런 사람 중 하나다. 넘버 123은 키우던 '카산트리아'가 죽어버리자 웃음을 잃어버렸다. 그것도 졸다가 키를 아웃으로 잘못 눌러서 삭제돼버렸다. 카산트리아는 가상공간의 애완 여자다. 가상공간에서의 연애에 너무 빠져버린 전형적인 경우라 할 수 있었다.

이런저런 생각이 꼬리를 물고 늘어졌다. 가로등 밑에서 생각에 골똘히 잠겨있는 나를 어둠에 몸을 숨긴 자들이 보고 있다면 나에게서 막막함과 외로움을 읽고 있을 것이다.

오늘 처음 만난 항이가 그리웠다. 제3구역에 아는 사람이라곤 항이밖에 없다는 생각이 들자 나타나기만 한다면 덥석 안고 싶어졌다. 그러나 내 눈앞에 홀연히 나타난 건 항이가 아니라 꼬마였다. 꼬마를 보는 것도 오랜만이었다. 오래전부터 육아를 짐처럼 생각한 인류는 자기의 자식을 원치 않게 되었다. 중앙시스템이 막대한 달콩을 지불하자 어떤 여성들은 더러 아기를 낳았지만, 아기를 낳더라도 중앙시스템의 보육수용소로 보냈다.

검은 망토로 상반신을 가린 꼬마는 남자인지 여자인지 분간이 되지 않았다. 모자 밖으로 삐죽이 나온 머리카락은 짧았고 중성적인 이미지에 눈은 부드러웠다.

"넌 누구니?"

"호."

호는 휙 뒤돌아서서 걸어가기 시작했다. 따라오라는 말은 없었지만 난 호를 따라갔다. 호도 나와 일정한 거리를 유지하며 내가 따라오고 있는지 확인하는 게 분명했다. 일부러 따라가지 않고 내가 멈추자 호도 멈춰 섰다. 내가 발걸음을 떼자 호도 다시 앞장서 걸었다.

제3구역의 밤은 끈적끈적했다. 제1구역에선 느껴보지 못한 냄새 때문에 더 그런 생각이 들었다. 제1구역에선 항상 청정기가 가동되고 있어서 나쁜 냄새, 좋은 냄새라는 구별조차

의미가 없었다. 제3구역엔 제1구역과 제2구역에서 버리는 쓰레기를 야적해놓는다고 들었다. 쓰레기 냄새와 다른, 지금 내 코를 자극하는 냄새는 냄새 박물관에서 맡아본 고기를 태우는 냄새와 비슷했다. 머릿속이 어지러웠다. 호를 따라가는 이 골목이 죽음의 골목이 될지도 모른다는 불안과 그래도 호를 따라갈 수밖에 없다는 무력감에 곁들여 배고픔까지 밀려왔다.

중앙시스템은 먹는 번거로움을 덜기 위해서 완선한 영양소를 갖춘 알약을 개발했다. 기껏 알약 하나를 세 끼 대신 먹는다고 해도 먹는 즐거움 중의 하나인 포만감은 어떻게 하느냐는 반발은 알약 속에 포만감을 느끼게 해주는 호르몬을 추가함으로써 잦아들었다. 먹는다는 건 몸에 필요한 에너지를 얻는 것뿐만 아니라 음식의 맛을 입 안에서 느끼고 음식의 향기를 맡고 식사라는 행위를 통해서 인간관계를 돈독히 해준다고 끝까지 알약 먹기를 거부한 사람들은 제3구역으로 추방되었다는 역사적 기록이 있었다.

중앙시스템은 세 끼를 알약으로 대신함으로써 주부들이 요리와 설거지에서 해방되었고 그 시간을 사회를 위해 쓸 수 있게 되었다고 자화자찬했다는 설은 기록되지는 않았지만, 할머니를 통해서 들었다. 할머니는 어렸을 때 가난해서 하루에 알약을 두 끼밖에 먹을 수 없었다. 할머니는 그 말을 담담하게 얘기했지만 어쩐지 중앙시스템을 비꼬는 말투 때문에 누가 듣고 있지 않나 귀를 곤두세워야 했다. 중앙시스템은 완전무결함이다. 누구든 그것을 부정하는 것은 중앙시스템의 혜택을 거부하는 것으로 여겨져 추방되었다.

알약을 먹을 시기를 놓쳐버린 나는 배고픔도 고통일 수 있다는 걸 처음으로 느꼈다. 여분의 알약을 가져오지 못한 걸 후회했지만 등에는 열기와는 관계없는 식은땀이 흘렀다. 알약이 점점 비싸지고 있어서 제2구역에서는 여분의 알약을 준비하지 못하고 하루 일해서 하루치의 알약을 먹는 사람들이 점점 많아지고 있다는 소문을 들었다. 나의 기술을 중앙시스템이 높게 평가하고 있어서 나는 알약을 살 충분한 달콩이 있었다. 다만 이런 예기치 못한 상황에 대비해 여분의 알약을 갖고 다닐 만한 주의력이 부족했을 뿐이었다.

호는 나를 한번 돌아보고 어두컴컴한 계단을 내려가기 시작했다. 냄새는 그 계단 밑에서 강하게 솟구치는 것 같았다. 계단을 뿌연 연기가 덮고 있었다. 어둠을 가까스로 헤집는 가로등 하나가 그 연기를 마치 실뱀들이 한꺼번에 흩어지는 모양으로 비추었다.

매캐하고 동물적인 냄새에 거의 후각이 마비될 지경이었고 뿌연 연기에 시야는 밝지 못했다. 서서히 연기가 걷히고 항이가 보였다. 구워진 고기를 너무나 자연스럽게 입 안에 넣어 내 쪽을 바라보며 우물우물 씹었다.

항이는 고기를 잡은 손으로 나를 불렀다. 항이는 가까이 온 나에게 고기를 내밀었다. 군데군데 타서 검은 숯덩이가 가장자리에 그대로 붙은 고기를 항이가 내 입 가까이에 들이댔다.

"아리는 이런 거 먹어보지 않았지? 알약을 먹는 사람들은 뭔가를 씹는다거나 물어뜯는 거에 익숙하지 못하지. 씹는 역할을 하지 못하는 치아는 장식품이 되었어. 웃을 일도 별로 없으면서 웃으면 보이는 게 치아라고 요란하게 색을 들이고 치장하는 데에만 신경을 써. 쓰지 않으면 퇴화하기 마련이야. 아마 다음 후손들은 진화의 법칙대로 이가 없어질지도 몰라. 지금 아리는 이가 있어. 이에게 이런 것도 있다고 좀 길들여보는 것도 괜찮지 않겠어?"

난 고기를 입 안에 쑤셔 넣었다. 고기는 처음에 내 입에 침입한 어리숙한 이방인처럼 가만히 있었다. 그러나 가만히 물고만 있을 수 없었다. 침이 혀 안 가득 고이기 시작했다. 침을 삼켰다. 침과 함께 고기에서 빠져나온 국물이 식도를 타고 내려갔다. 그것과 함께 잊고 있었던 배고픔이 아우성쳤고 고기를 외면했던 체면도 잊은 채 침을 질질 흘리며 씹고 씹었다. 씹는 것과 삼키는 것의 박자가 맞지 않아 침이 쉴 새 없이 입

가로 흘러내렸다.

항이가 다가왔다. 침 묻은 내 입가를 쳐다보던 항이는 자기의 혀로 내 입가를 빨아먹었다. 온몸에 전류가 흐르는 것처럼 아찔했다. 줄줄 흘러내리는 침을 어쩌지도 못하고 한껏 곤두선 촉각에 눈을 감아버렸다.

식사를 마친 검은 망토들과 항이는 서로 손을 잡고 조용히 원을 그리며 돌기 시작했다.

'산에 산에 진달래, 가시리, 가시리, 가시릿고, 바리고 가시릿고, 기찻길 옆 오막살이 아기아기 잘도 잔다'

조용한 원무와 읊조림이 계속될수록 취한 기분에 젖었다. 그 읊조림은 어머니가 들려주던 자장가의 리듬과도 비슷했으며 예전에 사라진 시처럼 반복되는 구절이 많았다.

"아리, 미안해. 여기에 다시 돌아오려면 당신을 이용할 수밖에 없었어."

"그럼, 항이는 제3구역이 처음이 아니란 말이야? 그런데 왜 굳이 여기로 돌아오려고 한 거야? 난 이해할 수가 없어. 제2구역 사람들은 제3구역으로 떨어지지 않으려고 발버둥 치는데 말이야."

"난 제2구역이 고향이 아니야. 내 고향은 제3구역이야. 당신도 당장은 여기에서 나갈 수 없으니까 진실을 말해줄게. 난 중앙시스템을 접수할 거야."

"그건 불가능해. 중앙시스템은 완전한 유기체야. 누구도 그걸 접수하지는 못해."

"컴퓨터와 대화 인식이 가능해지면서 모르는 사이에 인류는 컴퓨터가 인식하는 언어에 길들여졌고 컴퓨터는 시적 언어와 인간의 상상력을 제한했어. 인류는 점점 개인으로 고립되면서 중앙시스템에 절대적으로 의존하게 되고 점점 중앙시스템의 종속물이 돼가고 있지. 난 그 고리를 끊기 위해 중앙시스템을 접수할 거야."

항이는 옛 그림책에서 본 침대라는 것에 편안히 누웠지만 나는 수면 캡슐 없이 잘 수 있을지 걱정이 됐다. 수면 캡슐은 곧 나의 잠이었다.

항이가 내 입술을 빌리자 싸한 느낌이 다시 밀려들었다. 육체적 노동의 하나로 치부되어 사람들이 멀리하기 시작했다던 육체적 섹스의 시작이었다. 성감대만 정확히 짚어주는 마스터베이션용 로봇에 익숙한 난 침과 땀이 범벅되는 육체적 섹스에 관심이 없었다. 그러나 항이의 움직임은 너무나 부드러웠다. 항이는 내 하나하나의 감각을 섬세하게 깨우고 있었다. 영원할 것 같지만 섬광처럼 짧게 끝나버리는 것들. 영원하지 않아서 더 짧은 것. 이대로 멈춰 버렸으면, 이대로 박제가 돼도 좋다고 생각하지만 그렇게 될 수 없다는 걸 알기에 더 감미로운 것들이 동시에 다가왔다. 항이를 안고 울었던 것도 같다. 인간과 인간이 이렇게 하나가 될 수도 있다는 것에 내 몸이 한없이 자랑스러워지는 순간이었다. 수면 캡슐 없이도 깊은 잠을 잤다.

"아리, 누구를 사랑해본 적 있어?"

항이는 알몸을 나에게로 향한 채 물었다. 항이의 유방은 마스터베이션용 로봇의 유방과 비슷하면서도 달랐다.

넘버 123이 가상현실의 애완 여자 카산트리아를 만나기 전에 그의 집에는 마스터베이션용 로봇이 있었다. 로봇은 유방을 빨면 녹음된 교성을 내보냈고 로봇의 성기 안으로 삽입해 들어가면 프로그램된 순서대로 최고의 흡착으로 쉽게 사정을 할 수 있도록 했다. 넘버 123은 땀을 흘리지도 않고 깔끔하다면서 나에게 한번 해보라며 로봇을 작동하는 리모컨을 눌렀다. 침이 채 마르지도 않은 로봇의 유방을 보며 내가 이마를 찡그리자 넘버 123은 티슈로 유방을 닦았다. 가만히 빨아보았다. 알약을 녹이듯이 혀를 굴리고 있자 녹음된 교성이 흘러나왔다. 아련히 엄마 젖을 빨던 포근한 기분이 들었지만 육아 수용소에서 유방 모양의 기계에서 흘러나오는 젖을 열심히 빠는 아기들을 본 것이 기억나 그런 기분도 사그라져버렸다. 로봇의 유방과 항이의 유방의 차이가 뭘까 골똘히 생각해 보았지만 딱히 떠오르는 건 없었다.

"사랑이라는 건 중앙시스템 시대가 열리기 전인 이천백년대까지 유행했던 사람의 감정 중 하나라고 알고 있어. 사랑도 해 보는 건가?"

"아리, 위험한 일은 로봇이 대신하고 복잡한 데이터나 전산을 컴퓨터에 의존하기 시작하면서 컴퓨터는 점점 정교해지고 인류의 생활을 지배하게 됐다지만 중앙시스템이 제공하는 정보가 다는 아니야. 정보의 홍수 속에서 가장 합당한 정보만 전달한다는 중앙시스템의 언어법 제정 목표를 가장 어렵게 한 게 사랑의 정의였어. 도대체 그 많은 정보 속에서도 사랑이 뭔지 알 수 없었으니까. 그래서 중앙시스템은 이렇게 정의를 내렸지. 사랑은 이천백년대까지 유행했던 모호한 사람의 감정이라고. 웃기지 않아? 중앙시스템이 모르겠다고 순수하게 고백한 게 바로 사랑이었어."

"그럼, 아리는 중앙시스템의 정보 말고 사랑에 대해 더 아는 거야?"

"내 부모님은 제3구역에서 행복하게 살고 있었어. 중앙시스템이 제3구역의 지도자를 쓸모 있게 세뇌할 수 있을까 실험하려고 우리 가족을 제2구역으로 포획해 가기 전까진. 내 부모님은 사랑해서 나를 낳았어. 내가 알고 있는 사랑은 둘이 같이 있지 못하면 그리워하다 서서히 말라가는 거야. 제2구역에서 서로 떨어져 지낸 부모님은 결코 행복하지 못했어. 두 분 다 폐인이 돼버렸지."

조용히 나긋나긋 뱉어내는 항이의 말을 듣기 위해서 항이의 유방에 턱을 걸쳐야만 했다. 부드러우면서 따뜻했다. 로봇의 유방과 항이의 유방이 뭐가 다른지 알았다. 따뜻함. 항이의 젖무덤은 따뜻했다.

"항이, 두 분 다 폐인이 돼버렸다면 결과적으로 사랑은 나쁜 거잖아."

"나쁘다, 좋다, 이분법적으로 얘기할 수 없어. 사랑이 있을 때 두 분은 완전한 커플이었으까."

항이가 얘기하는 사랑에 대해서 생각해봤다. 이동 캡슐 정거장에서 누군가가 옆에 있으면 좋겠다고 간절히 마음에 울려오던 그 느낌이 어쩌면 항이가 얘기하는 그건지도. 언어의 무한한 공간을 어릴 때부터 접한 항이와 중앙시스템이 제공하는 제한된 언어만 갖고 생각을 해온 나 사이에는 아득한 틈이 있어 보였다. 그러나 항이에게 그 느낌을 얘기하지 않았다. 얘기하고 나면 어쩐지 항이의 옆을 빼앗길 것 같은 기분이 들었다.

검은 망토들은 회합이 있으면 뭔가를 가득 쓴 종이들을 갖고 와 서로 돌려 읽고 항이는 그것에 일일이 고개를 끄덕였다. 나는 이방인이었다. 항이 옆에 붙어 있었지만 그들이 항이에게 맹목적으로 바치는 경외심은 오로지 항이를 향한 것이었다. 그렇다고 해서 그들이 나에게 반감을 보이지도 않았다. 나는 별 볼 일 없지만 항이가 나를 선택했기 때문에 존중한다는 메시지를 그들의 몸짓에서 뚜렷이 읽을 수 있었다.

그들과 가까워지려고 노력도 해봤다. 떨어진 종이를 검은 망토가 줍기 전에 내가 주워서 건네주었다.

"안녕하십니까? 나는 아리라고 합니다."

검은 망토는 무표정한 얼굴로 종이를 받아들었다.

"솔입니다."

"솔, 이 그림들은 꽃이군요. 암술과 수술 두 생식기관이 만나 씨앗을 퍼뜨리는 식물이라고 중앙시스템이 정의를 내렸죠."

솔은 꽃 그림이 그려진 종이를 뒤로 넘기고 글씨가 빽빽이 쓰인 종이를 내게 내밀었다.

'꽃은 약속입니다. 그 향기는 어디에서 날아오는 것입니까.

내 코끝을 간지럽게 하는 그대는 꽃입니다. 꽃잎이 하나, 둘 떨어질 때 내 눈물도 떨어집니다. 하롱하롱 꽃잎 하나에 당신 입술, 꽃잎 둘에 당신 미소, 하염하염 꽃잎 셋에 당신 목소리. 모두 떨어지더라도 당신은 기억으로 남아 나를 지킵니다. 계절이 바뀌면 다시 돌아온다는 약속, 꽃은 슬프면서 풍성한 약속입니다.'

"이게 꽃입니까?"

"중앙시스템의 꽃이 아니라 저만의 꽃입니다."

"그럼, 음표 높낮이로 인해 생기는 음들의 집합이라고 중앙시스템이 정의한 노래는 솔에겐 무엇입니까?"

솔은 몇 장을 뒤적이다 빛들이 교차하는 그림을 꺼냈다.

"노래는 빛입니다. 때로는 영혼도 밝게 비춰줍니다. 가물던 대지에 촉촉이 단비가 내리는 것처럼 노래는 내 영혼에 감미롭게 젖어듭니다. 빠르게, 느리게, 높게, 낮게 어루만지면서 내가 쉴 공간을 확장해줍니다."

솔의 '꽃'과 '노래'는 솔만의 꽃과 노래였다. 중앙시스템이 정의해준 고정적인 의미가 아닌 솔만의 그것은 컴컴한 동굴 밖에서 스며들어오는 시원한 바람 같았다.

"아리에게 항이 님은 무엇입니까?"

나는 순간 당황하여 솔이 묻는 의도가 무얼까 헤아렸다. 솔은 내 눈의 미혹을 읽었는지 다시 물었다.

"아리에게 여성은 무엇입니까?"

"중앙시스템이 정의 내려준 '여성'은 엑스와이 성염색체를 가지고 있으며 남성의 정자를 공급받아 수태할 수 있는 사람입니다. 솔이 묻고 싶은 건 나의 여성을 말하는 것이겠죠. 나에게 여성은 따뜻함입니다. 여기저기 나사로 꽉 죄어 있는 내 마음을 하나하나 풀어 줍니다. 그건 졸음과도 비슷하면서 완전히 잠들지는 않는 유쾌한 긴장을 줍니다. 그래서 나에게 여성은 편안함이기도 합니다."

솔은 내 어깨를 가볍게 툭 치며 앞서 걸어갔다. 솔의 뒤로 그의 웃는 모습을 본 것도 같았다. 내가 알고 있던 공간이 확대되는 기분에 휩싸였다. 전의 내 뇌가 강철로 되어있었다면 솔과 나눈 얘기는 탄력이 좋은 플레버로 만든 뇌에서 나온 것 같았다.

항이는 침대에 엎드려 있었다. 편안해 보였다. 항이 몸을 감싸고 있는 털 하나하나도 휴식을 취하는 것처럼 보였다. 항이의 목선을 따라 등뼈의 오돌토돌한 굴곡을 따라 가만히 어루만져보았다. 항이를 만졌던 내 손가락을 빨아 먹는다면 단맛이 날 것 같았다.

"간지러워."

"항이, 피곤한 거야?"

"아니, 중앙시스템을 접수하는 걸 상상하는 중이야."

"난 항이가 어떤 역할인지 잘 모르겠어. 검은 망토들을 휘어잡는 카리스마도 그렇지만 나에게 항이는 단지 그러니까."

"그러니까 연약한 여자에 불과한데 어떻게 중앙시스템을 접수하는 일을 꾸밀 수 있나 그거 아니야? 그건 상상의 힘이야. 중앙시스템을 과부하 걸리게 만들어서 파괴할 수 있는 힘. 그걸 내가 검은 망토들에게 가르쳐 준 거야. 중앙시스템은 내 아버지를 제거함으로써 모든 반역 위험 요소가 끝났다고 결정했겠지만, 중앙시스템의 언어 정의에서 벗어난 제3구역은 뛰어난 영혼의 집합소가 돼 있었어. 언어의 확장이 생각의 확장을 불러와. 중앙시스템이 정의한 언어들을 무제한 확장함으로써 중앙시스템을 혼돈에 빠트리고 제2구역 사람들에게도 생각의 자유를 주는 거야. 중앙시스템은 우리 언어를 제한하고 생각하는 힘을 무력화했어. 중앙시스템의 언어 정의 안에서만 생각해야 해서 사고가 묶여있던 인류에게 언어를 돌려주고 생각을 확장 시켜주는 일이 내가 하려는 일이야."

난 돌아누운 항이의 눈부신 나신을 쳐다보며 목이 메었다. 중앙시스템을 반역하는 죄는 무서웠다. 그건 존재의 망각이라는 가장 큰 형벌이었다. 죄인의 뇌를 들어내 인공뇌를 심으면 그 사람은 존재하지만 더는 자기가 아니었다. 자기를 잃어버리고 제삼자가 되어 중앙시스템을 신봉하는 충실한 인간으로 살아가야 한다. 만약 항이가 붙잡혀 인공뇌를 심게 되면 나를 기억해줄까, 이렇게 마주 앉아 가깝게 느꼈던 살 내음을 떠올려줄까. 몸이 떨렸다.

"항이 부모님 얘기를 들려줘."

항이를 더 자세히 알고 싶다는 절박한 마음이 들었다. 검은 망토들이나 그 외 항이를 아는 다른 사람들이 모르는 항이의 얘기를 많이 알고 싶다는 욕심이었다.

"그 얘기를 하려면 너무 무서워."

항이는 그 무서움이 옆에 자리를 차지해 앉아있는 것처럼 몸을 움츠렸다.

"괜찮아. 무서움에 자신이 잡아먹히지 않으려면 그 앞에서 무서움을 노려보는 거야. 항이, 내가 옆에 있잖아."

"훗, 아리 말투가 많이 변했어. 수면 캡슐에서 잠을 자다 오줌이 마려워 잠에서 깼는데 화장실 문을 열기가 겁이 나는 정도의 무서움이 아니야. 내가 사랑하는 사람이 옆에서 괴물이 돼 가는 걸 지켜보는 걸 말하는 거야."

말없이 항이를 껴안았다. 항이의 도독한 젖무덤이 나에게 밀착되는 느낌이 좋았다. 항이에게 팔베개를 내주었다. 항이의 무서운 생각이 내 팔 위에 내려졌다.

"중앙시스템이 우리 부모님을 상대로 실험한 건 이런 거였어. 사랑하는 사람 사이도 어떤 조건을 갖추면 미워하게 만들수 있는가. 아빠가 엄마와 나를 만날 때면 아빠는 인간이 겪을수 있는 모든 고통을 맛봐야 했어. 아빠는 고통을 참느라 눈에핏발이 선 채로 엄마와 나를 바라봤지. 그래도 엄마와 나를 사랑하는 가족으로서 연민을 갖는다는 걸 아빠 눈동자를 보며느낄 수 있었어. 시간이 흘렀어. 온갖 고문으로 고통이 동반되는 만남이 있을 때면 아빠는 우리를 보자마자 얼굴이 일그러지기 시작했어. 마지막 만남에선 우리를 보자마자 썩 꺼져버려, 죽어, 죽어버려, 이렇게 소리쳤어. 아빠는 참을 만큼 참았다고 생각해. 하지만 그게 내 아빠여서 슬펐어. 나와 핏줄로연결이 되지 않은 제삼자였으면 고통만 존재하는 만남에 진저리났다고 이해할 수 있었겠지만 내 아빠여서 기억하는 것만으로도 무섭고 힘들어. 그 후에 엄마는 시름시름 앓다 돌아가셨고 아빠는 딸을 내다 파는 폐인이 됐지."

항이는 내 품으로 파고들었다. 날개 젖은 어린 새처럼 내안으로 깊게 파고들었다.

"항이, 항이에게 만남은 뭐야?"

"중앙시스템은 만남을 사람과 사람이 이해관계로 얼굴을 맞대는 거라 정의해 놓았지. 나에게 만남은 이야기야. 자기를 다른 사람 앞에서 풀어놓는 거, 앞에 보이는 겉가죽 말고 내가 이렇다고 말로 그려내는 거, 나에게 만남은 이야기야."

피곤했던지 항이는 곧 새근새근 숨소리를 고르기 시작했다.

"나에게 만남은 이젠 아픔이 됐어. 항이, 널 다시 못 만날지도 모른다는 생각만 해도 내 가슴은 오그라들어."

잠자는 항이가 편안히 잘 수 있도록 팔베개를 고쳐 주며 항이 얼굴을 오래도록 바라보았다.

항이가 말한 결전의 날이 왔다. 검은 망토들은 지하 광장에 둥그렇게 모여 섰다. 그 구심점에 항이가 있었다. 항이는 그 어느 때보다 맑아 보였다. 머리를 틀어 올려 머리핀으로 고정하자 귀가 도드라졌다. 귓바퀴에 나비 모양의 귀걸이가 항이가 얘기할 때마다 가볍게 흔들거리며 반짝였다.

"중앙시스템은 생각의 무덤이다. 제한된 언어를 갖고 갇힌 틀 속에서만 생각해야 하는 건 사고의 무덤이며 자유로운 우리들의 무덤이다. 우리는 낙오자가 아니다. 쓰레기가 아니다. 중앙시스템이 철을 구조물에 찍어내듯이 우리를 틀 속에 가두려는 걸 거부한다. 또한 실험이라는 명목으로 제3구역의 우리를 무작위로 골라내 조직에 충실한 인간으로 찍어내는 걸 우리는 거부한다. 이제 결전의 날이다. 중앙시스템은 스스로 만들어낸 경직성 때문에 오늘 종말을 고할 것이다. 내 이름은 항이면서 자유다. 내 생각도 자유다. 내가 싸우다 사라지더라도 내 영혼은 그들에게 저당 잡히지 않고 자유로울 것이다."

검은 망토들은 '합'이라는 소리를 일제히 내며 둘러앉았다. 항이의 말을 들으면서 가슴이 단도로 난도질당하는 것 같았다. 항이가 죽을 수도 있고 뇌가 인공뇌로 대체돼 나를 기억하지 못하는 사람으로 살아가야 할지도 모른다는 게 견디기 힘들었다.

"호, 너에게 자유는 무엇이냐?"

항이는 나를 지하로 인도해줬던 호를 열이 오른 눈으로 쳐다보았다.

"중앙시스템은 자유라는 단어를 삭제해 버렸습니다. 중앙시스템이 정의 내리길 꺼려한 자유는 나에게 엄마입니다. 보육을 기계에 맡기지 않은 엄마가 나에겐 자유입니다."

"솔, 너에게 희망은 무엇이냐?"

"중앙시스템은 희망을 오지 않는 것을 바라는 헛된 욕망이라 정의했습니다. 나에게 희망은 행동입니다. 바라기만 하고 움직이지 않고 가만히 있으면 희망은 헛된 꿈일 뿐입니다. 나에게 희망이란 그것을 얻기 위해 손가락 하나라도 꿈쩍여 보는 것입니다. 이제 중앙시스템의 통제를 받지 않는 자유로운 삶과 사유를 위해 나는 움직일 것입니다."

항이는 검은 망토들을 바라보며 손을 높이 들었다.

"자, 출정이다."

검은 망토의 물결은 거대한 검은 용이 꿈틀거리며 자꾸 위로 솟아오르려 하는 것처럼 보였다.

나는 수면 캡슐에서 꿈도 없이 단잠을 자고 나서 하루를 연다. 내 옆에는 귓바퀴에 나비 모양의 이어링을 한 여자가 깊게 잠들어 있다. 성염색체가 나와 다른 동종이다. 벽면 컴퓨터에서 중앙시스템이 보내는 오늘의 뉴스를 클릭한다.

'안녕하세요? 오늘은 중앙시스템의 다섯 번째 날씨 차례, 흐린 가운데 가끔 비예요. 인공 강우는 11시에서 12시 사이에 있어요. 물론 오존지수, 공기청정지수 모두 정상입니다. 오늘은 사어를 배워보는 날입니다. 오래전에 스스로 죽어버린 단어죠. 사랑……'

나는 나지막이 말해본다.

"사랑은 인간의 모호한 감정."

울기 좋은 방

울기 좋은 방

　1번 방에 내 또래로 보이는 여자가 들어왔다. 여자는 문을 닫고 잠시 문에 기대어 가만히 서 있었다. 여자는 방 안을 찬찬히 둘러보았다. 나의 시선도 여자가 바라보는 것들을 따라갔다.

　내가 어제 선배의 안내로 카페 방들을 둘러봤을 때 가장 마음에 들었던 건 소파였다. 녹색 비로드 천을 씌운 소파는 몸을 다 안을 것처럼 등받이가 높고 포근했다. 소파 정면에는 영화를 검색하여 볼 수 있도록 55인치 LED TV가 있었고 소파 옆 동그란 다탁 위에 티슈와 물이 놓였다. 다탁 밑에 연결된 보조 칸에는 리모컨과 영화 목록책자와 소설책이 몇 권 보였다. 나는 내 옆에도 있는 영화 목록책자를 슬쩍 쳐다보았다. 선배는 영화 목록책자가 슬픈 영화들만 모아놓은 것이라 제법 무겁다는 구시대 유머를 구사했지만 나는 흔쾌히 웃어주었다.

여자는 천천히 걸어 소파에 앉았고 가방을 다탁 위에 놓았다. 여자는 한동안 가만히 앉아 있다가 가방 안에서 핸드폰을 꺼내 확인한 후 소파에 몸을 동그랗게 말았다. 지켜보지 않는다면 점점 작아지다가 녹색 소파 안으로 푹 꺼져버릴 것처럼 보였다. 여자의 어깨가 흔들렸다. 내가 CCTV로 지켜본다는 것을 모른 채 여자가 마음껏 울었다. 내가 남의 뺨을 때려놓고 왜 우느냐 달래는 파렴치한 사람 같았다.

내 방세가 석 달이나 밀리자 오 일 안에 방세를 다 갚지 않으면 짐을 길바닥에 다 꺼내겠다고 주인아줌마가 최후통첩을 하고 갔다. 방세는 한 달에 이십만 원이었다. 이 싸구려 방은 이 층 건물 옥상에 지어진 옥탑방이었고 다시 그 공간을 잘디잘게 쪼개 칸을 나눈 네 개의 벌집 방 중 하나였다. 박 선배는 바로 옆방에 살았다. 내 방에선 야심한 시간에 박 선배가 혼자 딸딸이 치는 소리도 들렸는데 박 선배는 핸드폰 야동을 켜놓고 자위를 하는 게 분명했다. 서울에서 이십만 원짜리 방에 머문다는 것은 옆방의 소음과 사생활 침해를 대수롭지 않게 여기고 누울 공간만 확보한다는 것이며 여름에는 덥게, 겨울에는 춥게 지낼 각오를 한다는 것이다.

내가 이십만 원의 방도 지키기 힘든 신세를 한탄할 때 박 선배는 자기 대신 알바를 제의했고 주인아줌마가 찾아오는 시간이 정해져 있으므로 그 시간대에는 자기 방에 숨어 있으라고 했다.

-설마 방에 사람도 없는데 함부로 짐을 내치기야 하겠냐, 우리나라는 엄연히 법치국가잖아. 아무리 주인이라도 그렇게 한다면 주거침입죄에 기물 파손죄, 그런 게 성립되지 않겠냐?

박 선배는 나의 어깨를 두드리며 이렇게 말해 주었지만, 방세 때문에 숨어다녀야 하는 내 처지가 한심하기는 마찬가지였다.

지금까지는 밤에 편의점 알바로 방세를 그럭저럭 내왔다. 잠이 부족한 나는 강의 시간에 졸기 일쑤였고 학점은 시들시들해졌지만 방세를 벌어야 했으므로 알바를 그만둘 수도 없었다. 그러나 창고 계단에서 발을 헛디뎌 오른쪽 팔에 깁스를 했기 때문에 편의점 알바를 그만둬야 했고 편의점 사장은 자기도 남는 것 없다면서 병원비와 위로금 십만 원을 건넸을 뿐이다. 방세가 밀리기 시작했지만, 만성신부전증 때문에 주기적으로 혈액 투석을 받는 엄마에게 방세 얘기를 꺼낼 순 없었다.

나는 선배가 제안한 시급 팔천 원의 알바를 수락했다. 무엇보다 한쪽 팔에 깁스를 했어도 무리 없이 할 수 있는 일이었다. 박 선배는 급하게 고향에 내려갈 일이 생겼다고만 했고 급한 일이 무엇인지는 얼버무렸다. 박 선배가 내 자존심을 다치지 않게 하면서 돈을 구할 수 있게 손을 써준다는 의심이 강하게 들었지만 이것저것 가릴 처지가 아니었다. 알바 때문에 수업을 빠지더라도 한 달 치 방세를 먼저 마련한 다음 집주인 아줌마한테 사정해볼 생각이었다.

내가 알바를 할 곳은 울려는 사람들이 찾아오는 곳이었고 상호는 '울기 좋은 방'이었다. 방의 기본요금은 한 시간에 이만 원이었다. 입장할 때 기본요금을 내고 한 시간이 더 지나면 나갈 때 카운터에서 추가 요금을 물었다.

-울기 위해서 돈을 내고 온단 말이야?

단지 울기 위해서 카페 방을 찾는 사람이 있을까 의심스러워 선배에게 물었다. 노래방, 키스 방은 기본이고 서울 곳곳에는 중고 가전제품을 부수는 스트레스 해소 방이나 조그만 단서로 열쇠를 찾아내 잠긴 방을 나가는 탈출 방이 있다는 얘기는 들어봤지만 울기 위한 방은 생소했다.

-그래. 어떤 때는 방이 모자라기도 해.

-그냥 자기 집에 가서 울어도 될 텐데.

-집 식구들이 걱정하거나 한소리 할까 봐 카페를 찾는 게 아닐까?

-그럼, 산이나 멀리 야외로 나가서 울면 되잖아.

-넌 마지막으로 산을 찾아간 게 언제냐?

-고등학생 때 소풍 갔지, 아마.

-그거야, 사람들은 멀리 찾아가기는 귀찮은 거야.

-차 안에서 울어도 되잖아. 썬팅된 차는 밖에서 보이지 않으니까.

-운전하면서 울기가 얼마나 힘들겠냐. 눈물, 콧물 흐르지, 휴지는 찾을 수 없지, 옆 차는 끼어들지, 신호등은 바뀌지, 이렇게 정신없는데 울 수가 있겠냐? 차를 세워놓고 울면 된다고? 어쨌든 차를 세울 만한 곳까지 멀리 이동해야 하잖아. 멀리 가는 건 귀찮아.

선배의 말이 옳게 들렸다. 나는 며칠 알바비만 챙기면 되므로 '울기 좋은 방'의 필요성에 대해 더 따질 필요가 없었다. 울고 싶은 사람들이 찾아와 실컷 울다가 갈 수 있는 곳. 울고 싶어도 울 공간이 없어서 울지 못하는 사람들을 위해서 몇 가지 소품을 갖춘 곳. 슬픈 영화, 슬픈 소설, 슬픈 휴지, 슬픈 물을 갖춘 곳. 이곳이 '울기 좋은 방'이었다.

카페는 큰 도로변에서 벗어난 골목을 끼고 있었고 밖에서는 시멘트 외벽밖에 보이지 않았다. 건물 입구 옆 검은 석판에 '울기 좋은 방'이라고 흰 글씨가 음각돼 있었다. 건물 밖에서는 안을 들여다볼 수 없었고 건물 안에도 창문은 시선보다 높이 달려서 옆 건물의 외벽과 그 사이의 조각난 하늘만 보였다.

'본인은 이곳에서 본 어떤 장면도 발설하지 않을 것을 서약합니다. 만약 이를 어길 시 어떤 법의 조치도 달게 받을 것을 서약합니다.'

난 선배가 꺼낸 서약서에 이름을 써놓고 사인을 했다. 박선배는 카페에 근무하는 사람들은 모두 이런 서약서를 써야 한다고 말했다.

-일은 아주 쉬워. 돌발 상황이 없나 모니터를 가끔 쳐다보기만 하니까 난 수험서 봐도 될 만큼 한가했어.

모니터와 책을 한꺼번에 볼 수는 없는 일이었다. 수험서에 집중해 있다가 모니터는 가끔만 쳐다봤다는 말처럼 들렸다.

-아무 일도 없다는데 지켜볼 필요가 있는 거예요?

-아무 일 없기는 하지. 그래도 혹시나 자해라도 하지 않을까 해서.

-자살?

-임마, 자살하고 자해하고 같은 거냐? 자살하려 마음먹은

사람들이 여기 오겠냐? 한강 다리로 가든가, 아파트 옥상으로 올라가지.

나는 고개를 끄덕였다. 그렇게 내 알바는 시작됐다. 선배의 말을 믿었다. 선배가 알바를 하는 동안 모니터 앞에서 일어서본 적은 한 번도 없었다고 힘을 주며 말했기 때문이다.

나는 잠자리 눈처럼 생긴 여섯 개의 모니터를 바라보았다. 모니터는 위에 세 개, 밑에 세 개씩 모여 있었고 각기 다른 방들을 비췄다. 아파트 벽면을 위에서 아래로 잘라 단면을 본다면 변기 위에 변기가 있듯이 카페의 방은 모두 구조가 같았다.

마치 카페 문이 열리기를 기다리기라도 한 것처럼 오전 열 시에 카페가 문을 열자마자 1번 방이 찼고 한 시간도 지나지 않아 4번 방까지 찼다. 계속 울던 1번 방의 여자는 지친 표정이었다. 우는 일도 에너지 소비량이 많은 것 같았다. 살이 계속 찐다고 고민하는 여자들을 많이 울리면 살이 빠질까 생각하다가 나는 실실 웃었다. 1번 방의 여자는 다탁 아래에서 영화 목록책자를 꺼내 몇 장 들춰보다가 리모컨을 눌렀다. 영화가 TV 화면에 나왔다. 여자가 선택한 영화는 105번이었다. 나는 105번 영화의 내용을 확인했다. 여자가 선택한 영화는 '스틸 러브'였고 여주인공이 자신이 불치병이라는 걸 알고 남자

친구에게 좋은 여자친구를 찾아주려 애쓴다는 내용이었다. 1번 방의 여자는 영화에 몰입한 것 같지 않았고 눈물도 흘리지 않았다. 그녀는 다른 생각에 골똘히 빠진 표정을 짓고 있었다.

2번 방에는 안경을 낀 사십 대 중반의 남자가 들어왔다. 남자는 무언가에 쫓기는 표정이었다. 남자는 방 안에 들어오자마자 문을 잠갔고 소파에 앉지 않고 방 안을 걸어 다녔다. 좁은 방이라 남자의 동작은 한자리에서 뱅뱅 도는 것처럼 보였다.

남자는 고급스러워 보이는 양복을 입었지만, 전체적으로 후줄근해 보였다. 남자는 발걸음을 멈추고 소파 위에 앉았다. 남자는 신중하게 안경을 벗어 다탁 위에 올려놓았다. 눈을 손으로 눌러보고 머리를 소파 위로 젖혔다. 온몸의 힘을 쫙 뺀 모습은 양복을 소파 위에 널어놓은 것처럼 보였다. 남자는 그 상태에서 울기 시작했다. 남자는 티슈에서 화장지를 뽑아 눈물을 닦아내면서 울었다. 눈물은 계속 흐르고 남자의 발밑에는 뭉텅뭉텅 목련꽃 모가지가 떨어진 것처럼 휴지가 쌓였다.

3번 방에는 내 또래의 남자가, 4번 방에는 중년의 여자가 들어왔다. 나는 그들 모두를 훔쳐보았다. 그들은 카페에 들어

올 때 자신들의 모습이 CCTV에 잡히고 있다는 사실을 몰랐을 것이다. 어쩐지 나는 그들을 속이는 것만 같았다. 자해 같은 돌발 상황만 잡아내야 하는데 내가 세세한 것까지 들여다보는 게 잘못인 것 같았다. 그러나 돌발 상황을 잡아내려면 모니터를 세심하게 보아야 하는 것 아닌가. 돌발 상황이 언제, 어느 방에서 일어날지 알 수 없어서 화면을 유심히 주시하는 것이라고 나를 세뇌했다. 박 선배는 자신이 알바를 하는 동안 돌발 상황은 생기지도 않았고 공무원 수험서를 펴놓고 공부를 했다지만 그런 선배도 처음에는 나처럼 긴장했을지 모른다. 선배의 말을 믿고 들고 온 만화책은 몇 페이지를 넘기지 못했다. 여자가 1번 방에 들어온 순간부터 나는 모니터에서 눈을 떼지 못하고 있었다.

5번 방이 열렸을 때 나는 내 눈을 의심했다. 며칠 급하게 처리할 일로 고향에 내려간다던 선배가 너무나 자연스럽게 5번 방으로 들어왔다. 나는 선배에게 혹시 일란성 쌍둥이가 있나 심각하게 고민해보기 시작했다. 그러나 선배는 그런 얘기를 한 적이 없었고 입고 있는 옷은 어제 나를 만나면서 입었던 옷 그대로였다. 쌍둥이들은 옷도 똑같거나 비슷하게 입는다고 하더라도 5번 방의 남자는 선배가 분명했다. 선배는 커플

매듭 팔찌를 자랑한 적 있는데 5번 방의 남자가 차고 있는 팔찌와 같았다. 여자친구까지 공유하는 일란성 쌍둥이가 있다는 말은 들어보지 못했다.

선배는 울음보가 터지기 직전인 것처럼 얼굴이 심하게 일그러져 있었다. 선배는 녹색 소파에 앉아 리모컨을 눌렀다. 선배가 선택한 영화는 100번이었다. 영화안내 책자를 보지도 않고 리모컨을 누른 걸로 봐서 이미 내용을 알고 있는 듯했다. 내가 영화목록 책자에서 확인한 결과 100번 영화의 제목은 이 카페의 상호와 같은 '울기 좋은 방'이었다. 영화는 처음부터 여자아이가 울고 있는 장면을 클로즈업했다. 아이는 눈물을 흘리고 있었지만 왜 우는지 부연 설명해줄 대사나 어떤 자막도 이어서 나오지 않았다. 화면이 분할되면서 남자가 우는 모습이 화면에 같이 나왔다. 아이는 사라지고 화면은 나중에 나온 남자로 가득 채워졌다. 몇 분 동안 남자는 계속 울기만 했고 다시 화면이 분할되면서 다른 사람이 나타났다. 계속 서로 다른 사람들이 우는 모습만 릴레이를 하듯 나왔다.

울기 위해서 '울기 좋은 방' 카페에 들어와 '울기 좋은 방' 영화를 보고 있다면 선배는 실패가 분명한 선택을 한 셈이었다. 선배는 울고 있지 않았기 때문이다. 선배는 자기 방처럼 자연스럽고 태연하게 굴었지만 그런 분위기와 어울리지 않는 건 선배의 축 처진 입가와 어두운 표정이었다.

선배는 리모컨을 다탁 위에 툭 던졌다. TV 화면은 꺼져 있었다. 선배가 나를 쳐다보았다. 선배는 카메라가 어디에 설치되어 있는지 알고 있는 모양이었다. 선배는 카메라를 쳐다보고 있는 것일 테지만 모니터에 비친 선배의 눈은 나를 쳐다보고 있는 것만 같았다.

나보고 어쩌라고.

나는 선배가 듣기라도 하는 것처럼 말을 하면서 어깨를 으쓱해 보였다. 급한 볼일이 있는 것처럼 나한테 알바를 대신 부탁해놓고 카페 방에 들어가 있는 선배를 이해할 수가 없었다. 물론 우리가 사는 벌집방에선 볼륨을 조금만 높이면 옆방의 입주민이 어떤 음악이나 영화를 틀어놓았는지 알 수 있는 구조이기 때문에 그 방에서 울기가 힘든 것은 사실이다. 그러나 선배가 꼭 울어야 했다면 여기에 오는 것이 아니라 다른 카페를 찾아가야 했다. 나는 울기 위한 방을 갖춰 놓은 카페가 더 있을지 의문이었다. 우는 카페가 있다는 것을 선배를 통해 처음 알았고 이 알바 전에는 이런 카페가 있다는 상상조차 해 본 적이 없었다. 나는 미궁에 갇힌 사람이 지을 것 같은 표정을 한 채 선배를 노려보았다.

선배가 5번 방을 나갔다. 나는 선배가 사라져서 다행이라는 생각이 들었다. 숨을 쉬기가 거북했던 것처럼 나는 긴 숨을 내뱉었다.

1번 방의 여자가 일어나 문으로 갔다. 다탁 위의 가방을 챙기지 않았으므로 방을 나가려고 하는 것 같지는 않았다. 여자가 문을 열자 선배가 여자를 한 손으로 밀치며 들어왔고 다른 손으로 문을 닫았다. 나는 자리에서 벌떡 일어나 모니터 화면 가까이에 얼굴을 댔다. 화면과 내 얼굴 사이의 거리를 좁히면 이 상황이 이해라도 된다는 것처럼.

손님이 들어 있는 방에 다른 사람이 들어왔을 때 어떻게 하라는 선배의 지시는 없었다. 예상하지 못한 돌발 상황이 없을 것이라 해놓고 선배가 돌발 상황을 만들고 있었다. 나는 선배에게 전화를 걸었다. 벨이 여러 번 울렸지만 선배는 받지 않았다. 선배는 여자에게 무엇이라 계속 얘기했고 여자는 고개를 여러 번 흔들었다. 선배와 여자는 아는 사이처럼 보였지만 여자의 손목에 커플 팔찌는 보이지 않았다.

선배가 여자의 뺨을 때렸다. 여자는 쓰러지면서 다탁 모서리에 부딪혔고 쓰러진 여자의 머리 뒤쪽으로 선혈이 번졌다. 선배는 여자를 흔들어 보다가 도망쳤다.

나는 1번 방을 열었다. 피비린내가 혹 끼쳐올 것에 대비해 숨을 안으로 삼켰다. 1번 방은 텅 비어 있었다. 소파 아래에 번져가던 선혈의 자국도 없었고 거기에 쓰러져 있던 여자도 자취가 없었다. 내가 1번 방에 들어오기까지 5분이 채 걸리지 않았다. 그동안에 시신을 옮기고 혈흔까지 다 닦는 건 불가능한 일이었다. 나는 밖으로 나와 방 호수를 다시 확인했다. 1번 방이 확실했다. 나는 2번 방을 노크했다. 2번 방은 잠겨 있지 않았다. 2번 방에는 사십 대 중반의 남자가 들어와 있었는데 2번 방 또한 비었다. 남자가 금방 나갔을지라도 2번 방은 한동안 손님이 들지 않았던 것처럼 모든 게 잘 정리돼 있었다. 병적으로 정리를 잘하는 사람이라서 들어올 때와 똑같은 위치에 물건을 정리해놓는다 하더라도 남자가 눈물을 닦느라 썼던 휴지까지 사라졌다. 쓰레기까지 전부 가져가는 손님이 있을까.

나는 3번 방을 열었다. 3번 방 또한 문이 잠겨 있지 않았다. 모니터로 본 것이 확실하다면 3번 방에는 내 또래의 남자가 앉아 있다가 불청객인 나를 노려봐야 할 것이지만 3번 방 또한 비어 있었다. 그곳도 손님이 들지 않았던 것처럼 깨끗했다.

나는 4번 방으로 달려가 방을 열었지만, 중년 여자는 없었다. 나는 선배가 들었던 5번 방으로 달려갔다. 5번 방은 비어 있기는 했지만 다른 방들과 달리 다탁 위에 리모컨과 영화 책자가 아무렇게나 던져져 있었다. 나는 선배가 영화 책자를 보지도 않고 영화 채널을 틀었던 것을 기억해냈다. 선배는 영화 책자를 꺼내지도 않았는데 책자는 반으로 펼쳐진 모습으로 다탁 위에 놓여 있었다.

나는 모니터실로 뛰어 올라갔다. 모니터에는 내가 직접 둘러본 상황이 그대로 나왔다. 내 머릿속은 숯불로 가득 차 있고 보이지 않는 발이 쉴 새 없이 숯불들을 차내는 것만 같았다. 나는 돈을 받고 방 열쇠를 건네주는 카운터로 뛰어갔다. 거기에는 집주인 아줌마처럼 하관이 빠른 여자 직원이 있을 것이었다. 이 카페 안으로 들어섰을 때 선배 이름을 대자 이 층 모니터실로 올라가라고 얘기해준 여자가 있어야만 했다. 그러나 카운터에는 방 열쇠들만 나란히 걸려있고 카운터는 비어 있었다.

-누구 없어요?

텅 빈 복도에 내 목소리가 메아리가 되어 돌아왔다.

밖에 지나다니는 사람이라도 볼 수 있다면 이 모든 것이 어떤 착오였고 시간이 지나면 모든 게 정상적으로 돌아올 것 같았다. 카페 출입문 쪽으로 갔다. 카페 출입문이 열리지 않다. 건물 밖에서 자물쇠를 채운 것처럼 달그닥 소리만 들릴 뿐

문은 열리지 않았다.

　-누구 없어요? 여기 사람 있어요, 꺼내 주세요, 누가 좀 여기 봐 줘요.

　내가 실험실의 모르모트가 된 기분이었다. 선배가 나를 속이고 거대한 실험실로 밀어 넣은 것만 같았다. 인간은 고립된 상황에서 어떤 말을 맨 먼저 하게 될까. 그때 혈압은 어디까지 올라가고 동공은 얼마나 커지는가. 내가 볼 수 없는 벽 저편에 나를 면밀하게 관찰하는 여러 눈동자가 있는 것만 같았다. 이것이 꿈일까. 나는 볼을 꼬집는 대신 머리를 문에 쿵 하고 부딪쳤다.

　나는 선배가 있던 5번 방으로 들어가 문을 닫았다. 내가 모니터로 지켜본 사람들이 그랬던 것처럼 녹색 소파 위에 앉았다. 손바닥에 닿는 녹색 비로드는 까슬까슬했다.

　핸드폰을 꺼내 선배와 나눴던 통화 기록과 문자 내용을 확인했다. 모두 그대로였다. 삭제되거나 없어지지 않고 내 핸드폰 안에 모두 기록이 남아 있었다. 실제와 믿을 수 없는 허상 사이에서 나는 길을 잃은 것만 같았다. 5번 방에 들어와 울려고 애쓰던 선배처럼 울고 싶었다. 그러자 눈물을 흘렸을 때 여기를 탈출할 수 있는 단서가 주어지거나 이 모든 게 내가 펑펑 눈물을 쏟아야 끝나는 상황일지도 모른다는 생각이 들었다.

울어야만 나갈 수 있는 방. 울기 좋은 방. 울기 좋은 방이니까 넌 꼭 울어야 해. 울어, 울어, 울란 말이야!

이십 년을 살아오면서 눈물을 흘렸던 순간들을 떠올려 보았다. 기억들은 진흙탕 속에서 죽은 개구리를 찾는 것처럼 질척한 혐오와 그래도 눈물을 흘릴지 모른다는 기대를 안고 하나씩 펼쳐졌다.

어릴 때 나는 눈물이 많은 편이었다. 초등학생 때 처음으로 연애편지를 써서 세라에게 전했는데 세라는 편지를 큰 소리로 읽고 찢어버렸다. 그때는 집에 돌아와서 이불을 뒤집어쓰고 울었지만, 초등학생 때의 감정은 이십 대가 된 나에게 어떤 눈물샘도 자극하지 못했다. 나는 그때의 사건을 분석하고 이해할 뿐이었다.

그다음 떠오른 것은 중학생 때 불량배들에게 돈을 뜯겨서 골목에서 울었던 기억이었다. 용돈을 차곡차곡 모아 그 당시 유행하던 운동화를 살 예정이었고 거금 사만 원이 모아진 상태에서 만 원만 더 모으면 운동화를 살 수 있었다. 그러나 골목에서 담배를 피우고 있던 고등학생 형들에게 걸려 몸 뒤짐을 당했고 양말 속에 숨겨놓았던 사만 원을 고스란히 뺏겼다. 그들이 내 심장을 꺼낸 것 같았다. 아무리 노력해도 한순간의 잘못됨으로 모든 게 무가 될 수 있다는 기분은 처량했다. 나는 집안의 누군가 내 돈을 볼지도 모른다는 걱정에 양말 속에다 돈을 숨기고 다녔다. 집에 숨겨놓거나 통장에 넣어둘걸 하고 후회를 얼마나 했는지 모른다. 그날 골목에서의 눈물을 생각 하자 다시 가슴이 타는 듯 미어졌지만, 눈물은 나오지 않았다.

나는 죽음을 생각하려 했다. 주변에서 나를 떠나간 사람을 떠올리면 눈물이 나올 것 같았다. 가족 중의 다른 분들은 내가 태어나기도 전에 돌아가셨거나 내가 어릴 때 돌아가셔서 기억 에 남지 않았지만, 할머니의 죽음은 내가 머리가 굵은 다음에 겪은 일이었다.

할머니는 치매를 겪다가 돌아가셨다. 엄마보고도 누구냐 고 자꾸 물어보던 할머니는 용케도 나를 알아봤다.

-우리 장손, 수영이.

할머니에게는 내가 장손이라는 각인이 있었다. 그뿐, 할머 니와 대화는 할 수 없었다. 우리 장손, 수영이, 우리 장손, 수 영이, 끝없이 혼자서만 같은 말을 되풀이할 뿐이었다.

할머니를 생각해도 눈물은 나오지 않았고 치매 때문에 인 간의 존엄이 무너진 모습만 떠올랐다. 그건 더러움이었다. 엄 마가 채워놓은 기저귀를 빼 버리고 걸어 다니며 똥을 흘리던 모습만 선명했다. 염소 똥처럼 동글동글 뭉쳐진 할머니의 똥은 고무줄 바지 속에서 똑, 똑 떨어졌다. 눈물이 나오지 않는 것이 당연했다.

울어야 해, 울어야 해!

내 머릿속은 이런 명령을 내렸지만 내 눈물샘은 말라버린 논바닥이었다. 이십 대에 벌써 늙은이처럼 인생을 다 알아버린 느낌이었다.

가만히 앉아서 처음부터 상황을 되새김질해 보았다. 그러자 많이 풀어본 수학 문제처럼 빤히 풀이과정과 답이 보일 것도 같았다.

절대 울지 않을 테다. 이까짓 것, 누군가 나를 골탕 먹이려 작당한 것이든, 하느님이 나를 특별히 미워해서 시험에 들게 한 것이든, 당황하거나 무서워할 필요는 없어. 나에게는 아직 끓는 피가 있잖아. 두려우면 두렵다고 팔딱팔딱 펌프질하는 이 심장의 생생함만으로도 나는 아직 살아있어.

뜨거운 다짐과는 별도로 다리가 후들거렸다. 나는 개업 가게 앞의 풍선 인형처럼 흐느적거리며 5번 방을 나와 6번 방으로 들어갔다. 6번 방은 모니터로 봤을 때 손님이 한 명도 없던 방이었다. 내가 열었던 다른 방들처럼 6번 방은 잠겨 있지 않았다. 손잡이를 돌렸다. 문이 열렸다. 거기는 6번 방 안이 아니라 내가 처음 카페로 들어섰던 골목이었다. 나는 카페가 나를 다시 빨아들이는 괴물이라도 되는 듯 밖으로 얼른 빠져나와 문을 도로 세게 닫았다.

'울기 좋은 방'이라는 상호가 카페 문 오른쪽에 붙어 있었지만 내가 금방 나온 카페가 실존의 것인지 자신에게 확신시킬 수가 없었다. 나는 머뭇거리다 카페 문을 다시 열기 위해서 손잡이를 비틀었다.

손잡이를 만지자 깁스한 팔이 떨어져 나갈 듯이 저렸다.

덜걱, 덜컥. 자물쇠 소리가 들렸다.

쥐가 난 오른쪽 팔을 주무르며 밖으로 뛰쳐나왔다. 내가 숨어 있던 선배 방의 문은 황급하게 백팔십도로 젖혀졌다가 반동으로 반쯤 닫혔다. 그 앞에는 내 삼선슬리퍼가 가지런히 놓여 있었고 나는 맨발이었다. 옆방의 문은 굳게 잠겼고 방 앞에 못 보던 큼지막한 자물쇠가 채워져 있었다. 문손잡이는 내 이십만 원짜리 방문에 달려있던 것과 닮아도 너무 닮았다. 함부로 꺼내놓은 것처럼 헝클어진 살림살이들이 내 뒤에 보였고 살짝 금이 갔지만 차마 버리지 못했던 머그잔은 깨져 있었다. 내 눈에서 그때에야 눈물이 흐르기 시작했다. 나는 내 방이었던 곳의 문손잡이를 잡고 엉엉 울었다. 옥탑방 마당은 온 세상에 나 혼자 남겨진 것처럼 조용했고 내 울음소리만 들렸다.

조용한 외출

조용한 외출

*

    강춘생 할머니 실종 오 일째를 맞아 경찰은 다각도로 수사를 펼치고 있습니다. 강춘생 할머니 통장에서 삼천만 원이 인출된 정황이 포착됨에 따라 경찰은…….

*

    춘생은 해안도로를 쭉 따라 걸어갔다. 바람을 타는 청보리처럼 파도가 해변까지 다가왔다. 이웃 동네 바다와 경계가 갈라지는 갯바위에 어떤 남자가 낚시하고 있었고 차에서 내린

남녀가 바다를 배경으로 사진을 찍었다. 드문드문 지나가는 차들이 빠르게 춘생 옆을 지나쳤다. 춘생은 동네 사람들이 자주 드나드는 어영물을 뒤로하고 앞으로만 시선을 뒀다. 순비기꽃이 물 위에 뜬 테왁처럼 순비기나무 속에서 고개를 들었다. 춘생은 물질을 그만둔 후에 바다 쪽으로는 고개도 돌리지 않겠다고 작정했지만, 바다는 가슴이 답답할 때마다 밀물처럼 밀려들었고 그때마다 춘생의 발걸음은 바다로 향하곤 했다.

걸으면서 하염없이 바다를 보고 있자 춘생은 어젯밤 꿈에 나타난 남편의 표정이 어땠는지 잡힐 것만 같았다. 이목구비가 다 지워진 채 전체적인 형상만 보인 남편의 모습이 춘생은 종일 마음에 걸렸다.

'빠아앙'

렌터카가 춘생 옆으로 지나쳐 가면서 경적을 울렸고 춘생은 놀라서 발을 헛디더 고랑으로 쓰러졌다. 렌터카는 잠시 멈칫거리다가 낚시꾼이 소리치며 올라오자 속도를 높여 도망가 버렸다.

낚시꾼이 춘생을 부축했다.

"아이구, 놀래라. 갑자기 크락숑 울리면 사람이 놀라지."

"그러게 말입니다. 제가 눈이 좋았으면 차 번호를 봐두는 건데 말입니다. 어디 다치신 데 없나요?"

춘생의 발목 부분이 벗겨져 피가 배어 나왔다. 춘생은 카디건의 소매를 당겨 피를 닦고 나서 경중경중 걸어보았다. 다친 쪽 다리가 욱신거렸다. 춘생은 남편이 이걸 걱정해서 꿈에 나타났다고 생각되자 액땜했다고 시름이 놓이면서 슬며시 웃음이 났다.

"여기는 어르신 혼자 걸어 다니기엔 위험한 것 같습니다. 이 근처에 사세요?"

춘생은 낚시꾼의 면면을 뜯어보았다. 낚시꾼은 계속 부드러운 표정을 지었고 손은 험한 일을 해보지 않은 사람처럼 희고 고왔다. 춘생은 자신의 갈고리 같은 억센 손이 도드라져 보여서 슬며시 카디건 주머니 안으로 손을 집어넣었다.

"바로 저 동네구먼."

"날도 금방 어두워질 텐데 가족한테 전화해서 데리러 오라고 하세요."

"난 전화가 없는데."

"이거 쓰세요."

낚시꾼이 자신의 핸드폰을 춘생 앞으로 꺼내놓았다.

"아들은 시내 사는데 어떻게 오누."

낚시꾼이 불쌍한 노인네 보듯이 춘생을 쳐다보았다. 춘생은 경찬이 전에 핸드폰 하나 장만해주겠다는 걸 마다했지만 남 앞에서 핸드폰도 없는 할머니 취급받는 것이 부끄러웠다. 억지로 사다가 안겨줬으면 마지못해 받았을 터인데 경찬이 두 번만 권해보다가 그만둔 게 갑자기 섭섭하게 생각됐다.

"그럼, 저도 마침 갈 참이었으니까 집까지 모셔다드릴게요."

낚시꾼은 팽개쳐놓은 낚싯대가 생각났다는 듯 갯바위로 돌아갔다가 낚싯대를 접고 다시 나왔다.

올레에 나왔던 금산이 춘생의 집에 못 보던 자동차가 들어서자 뒤따라 왔다. 춘생은 낚시꾼에게 음료수라도 하나 마시고 가라고 붙잡았고 전후 사정을 들은 금산은 춘생을 타박했다.

"그러게, 핸드폰 요금 얼마나 한다고 그걸 아껴서 핸드폰 안 사냐 말이야. 이럴 때 나한테 전화했으면 우리 딸이라도 보냈을 거 아니야. 얼마나 편한데. 전화번호 안 외워도 그 뭐냐, 단축번호 꾹 누르면 다 통화되는구먼. 참, 내가 이 구두쇠 할망구한테 얘기해서 뭐 하누. 그 많은 돈은 죽을 때 싸고 가려나 보지."

금산이 춘생에게 전부터 핸드폰 하나 장만하라고 했지만, 춘생은 요금만 많이 나오고 쓸데없다고 말했던 터였다.

"우리 경찬이가 하나 장만해주고 요금도 다 내준다고 해도 내가 싫다고 했구먼."

　낚시꾼은 티격태격하는 두 노인네에게 인사를 건네고 춘생의 집을 빠져나갔다. 그제야 춘생과 금산은 요즘같이 각박한 세상에 저렇게 마음 써 주는 친절한 사람이 없다고 입을 모았다.

*

　미라가 은수를 데리고 집에 온 것은 춘생이 막 먹은 점심상을 물려 설거지를 마쳤을 때였다.

　"어머니, 제가 아침에 일찍 일어나서 빙떡을 만들었어요."

　미라는 춘생을 방문할 때마다 과일이나 주전부리를 사 들고 왔지만, 자신이 직접 무언가를 만들어온 것은 처음이었다. 춘생은 며느리가 내어놓은 빙떡을 마치 꿈틀거리는 애벌레를 바라보는 것처럼 눈살을 찌푸려 바라보았다.

　춘생은 인근 동네에까지 빙떡을 잘 만든다고 소문이 났다. 동네잔치가 있을 때 빙떡은 으레 춘생이 만들었다. 빙떡의 피도 춘생만큼 얇으면서도 찢어지지 않게 지져내는 사람이 없었고 메밀 반죽도 혼합을 그녀만큼 정확히 맞추는 사람도 없었다. 춘생이 유명해진 것은 그녀가 빙떡을 만드는 모습이 방송을 탔기 때문이기도 했다. 읍내 해녀 축제 장터 때 춘생네 동네에서는 빙떡 만들기 체험 부스를 했고 춘생이 반죽을 치대고 소를 만들 때 방송사 카메라가 그 모습을 찍었다. 무를 썰 때 무가 하나같이 고르고 빠르게 잘리는 것을 본 아나운서가 '어머, 어머, 달인이시네요, 달인.' 하면서 호들갑을 떨었다.

미라의 얼굴엔 어렵다는 빙떡을 춘생의 조언 없이도 만들어냈다는 만족감이 어려 있었다. 다른 집 며느리들은 춘생을 보면 빙떡 잘 만드는 법을 가르쳐달라고 하는데 춘생에게 한마디 들어보지도 않고 떡 하니 빙떡을 만들어 온 며느리가 춘생은 마뜩하지 않았다. 자신을 대놓고 무시하는 것 같았다. 그래도 며느리가 보는 앞에서 하나쯤 맛을 봐야 할 것 같아서 빙떡을 집어 들었다. 춘생은 빙떡을 천천히 씹었다. 씹으면서 빙떡은 이렇게 만드는 게 아니라고 훈계할 만한 거리를 찾고 있었다. 미라가 만든 빙떡은 간이 적당했다. 특히 빙떡은 피를 얇게 지져내는 것이 어려운데 며느리는 알맞게 피도 잘 구워냈다. 춘생은 뭔가 트집을 찾을 때까지 계속 오물거렸다. 입 속은 빙떡 파편들이 침과 혼합되어 넘칠 것 같았다. 춘생은 할 말이 퍼뜩 떠올라 입 안의 것들을 급히 삼켰다.

"무는 원래 칼로 썰어야 제맛인데 채칼을 썼네."

"어머니도 저번 제사 때 채칼로 하셨잖아요. 인터넷에서도 다 채칼 쓰던데요."

"인터넷?"

미라가 핸드폰을 검색하여 빙떡 만드는 화면을 춘생에게
보여줬다. 미라가 쭉 내리는 화면에는 사진과 함께 빙떡 만드
는 과정이 자세히 설명돼 있었다. 미라는 채칼을 쓰고 있는 부
분의 화면을 키워 춘생에게 들이댔다. 춘생은 얼굴이 화끈거
렸다. 춘생은 지나간 제사 때 무를 채칼로 쳤다. 어깨가 예전
같지 않아 칼질이 힘들었기 때문이었다. 어깨에 시멘트 반죽
을 부은 것처럼 무겁고 통증까지 있어서 파스를 붙여야만 했
다. 칼을 오래 들 수 없어서 채칼 쓴 것을 며느리가 말하는 것
이었다. 제사 때 며느리가 채칼 쓰는 것은 자기가 하겠다고 했
지만, 춘생은 직접 하겠다며 고집을 피웠다.

제사 때마다 미라는 전기 프라이팬 옆에 앉아서 춘생이 빙
떡의 피를 지질 때 국자로 반죽을 어떻게 펴 놓고 언제 뒤집는
지 유심히 보았다.

"어머니, 제가 한번 해 볼까요?"

"어련히 다 가르쳐줄라. 이게 다 정성이니 내가 할 수 있을
때까지는 내 손으로 지진 빙떡을 조상님한테 올리겠다."

춘생은 말을 꺼내놓자 자신이 빙떡의 사부요, 며느리는 철

모르는 수련생인 것 같았다. 처음부터 차근차근 가르치리라. 삼 년은 물을 긷게만 하고 삼 년은 불을 때라고만 해서 언제 무술을 가르쳐줄 거냐는 제자의 질문에 무술의 정신부터 배우라던 사부처럼 며느리에게 조만간 정식으로 빙떡 만드는 법을 전수해 줄 생각이었다. 그새를 못 참아 인터넷을 보면서 비슷하게 빙떡의 맛을 흉내 낸 며느리 때문에 춘생은 말로 설명하지 못할 화증이 일었다. 독 오른 뱀이 머리를 쳐들고 길을 딱 막아선 것처럼 갑갑했다.

"정식은 무를 채칼로 치는 게 아니고 칼로 정성껏 썰어야 하는 것이지."

춘생의 목소리는 혼곤한 반죽처럼 이미 뼈가 없었다.

"어머니, 채칼로 쳐서 무가 너무 얇다고 하시는 거 같은데 바쁜 세상에 어떻게 일일이 그걸 다 썰어요? 저도 이번에 알았어요. 채칼을 조금 더 굵은 걸 써야겠더라고요."

"바빠도 음식은 정성인데."

"참, 어머니, 소식 들으셨어요? 동서가, 에휴, 이젠 동서가 아닌데도 입에 붙어버렸어. 하여튼 동서가 남자하고 산대요."

춘생은 육지에 사는 막내가 그 얘기를 해서 이미 알고 있었다. 이혼한 막내며느리는 큰며느리인 미라의 친구 동생이기도 했다. 소문의 진원지가 큰며느리라는 건 뻔했다. 큰며느리가 좋지도 않은 이야기를 여기저기 물어 나르는 걸 생각하자 춘생은 다시 가슴이 답답해져 대화를 빨리 끝내고 싶었다.

"떠난 사람 얘기는 왜 자꾸 하누, 나 경로당에 갈란다."

"어머니, 이거 남은 거 경로당에 가서 나눠 드세요."

미라가 굳이 남은 빙떡을 다시 싸 춘생의 손에 들렸다. 춘생은 받지 않을 수도 없었기 때문에 봉지를 들고 현관을 나섰다.

"어머니, 대충 정리하고 올라갈게요."

춘생은 경로당에 들어서서야 미라와 입씨름하다 보니 손주 은수에게 용돈도 주지 못했다는 걸 깨달았지만 집으로 다시 돌아가기가 싫었다.

*

경로당에는 몇 명이 모여 화투판을 벌였다. 춘생은 전에 백 원이 계산 다르다고 싸웠던 정옥이 보이지 않아서 어깨가 가벼웠다. 정옥은 싸움닭이었다. 누구에게든 싸움을 걸어서 다른 할머니들이 똥이 무서워서 피하나 더러워서 피하지 하면서 돌아앉곤 했다. 지영이 할아버지와 싸울 때는 윗옷까지 벗으며 내가 잘못했으면 이 자리에서 칼로 휙 목 따고 죽어버리겠다고 해서 다들 혀를 내둘렀다. 정옥의 때가 절어 누렇게 된 속옷은 가장자리가 너덜너덜했고 구멍이 난 곳도 있었다. 여러 번 빨아서 얇아진 속옷 안으로는 축 늘어진 가슴이 비춰 보였다. 할아버지들은 못 볼 것을 본 것처럼 눈을 돌렸고 할머니들은 자신의 적나라한 나체를 들키기라도 한 것처럼 혀를 쯧쯧 찼다. 그날 집에 돌아온 춘생은 아까워서 버리지 못했던 늘어진 팬티나 속옷들을 모두 정리해서 버렸다. 그 대신 막내며느리가 사다 놓았지만 뜯지 않았던 팬티 세트를 뜯어서 정리했고 상표가 그대로 붙어있었던 새 내의들을 꺼냈다.

"뭘 그렇게 들고 왔어?"

화투장을 꺼내 똥이나 먹자고 외치던 금산이 춘생의 검은 봉지를 눈길로 가리키며 물었다.

춘생이 빙떡을 풀어놓자 모두 반색을 했다.

"누구 잔치도 아닌데 웬 빙떡이래?"

"이거 우리 며느리가 만들어 왔어."

"야들야들 얇게도 잘 지졌네. 제대로 가르쳐줬어. 그 뭐냐, 스승보다 제자가 더 낫다는 거, 청출어람이다."

평소에도 유식한 말을 쓰기 좋아하는 금산이 하나를 다 먹고 다시 하나를 더 집어 들었다. 춘생은 며느리가 혼자서 인터넷 보면서 만들었다는 말은 하지 않았다. 그저 조용히 웃으며 그들이 먹는 모습을 쳐다보기만 했다. 화투 치는 인원이 넘쳤기 때문에 춘생은 그들 뒤에서 훈수를 해보다가 귀찮아하는 기색이 보여서 안마기 의자에 앉았다.

안마기 스위치를 누르자 안마기가 어깨를 두드리고 등뼈를 훑고 내려가고 허리를 꼭꼭 누르고 다리를 주물렀다. 손자 은수는 미라가 시키면 고사리 같은 손으로 춘생의 어깨를 주무르기는 했지만 그건 시늉에 불과했다. 아무리 손자가 귀엽더라도 꼬물꼬물 만지는 것으로는 굳어있는 어깨가 펴질 리가 없었다. 안마를 받던 춘생은 문득 발 안마기가 떠올랐고 며느리가 자신을 무시하는 게 발 안마기 때문인 것만 같았다.

*

읍내에 어느 날 천막이 쳐지고 임시 무대가 만들어졌다. 초청 가수가 와서 노래하고 선물도 준다는 소문이 들리기 시작했다. 지금까지 받아 온 선물의 목록을 나열하면서 금산이 같이 가자고 여러 번 조르지 않았으면 춘생은 가지 않았을 것이다.

"물건은 살 사람만 사고 우리는 쇼 보고 선물만 받아 오면 된다니까 그래."

금산의 말에 춘생은 한번 구경이나 해보자는 심산으로 따라나섰다. 물론 공짜로 받는다는 선물도 탐이 났다.

"우리 어머니, 어디서 많이 뵌 분 같은데요?"

사회를 보는 남자가 춘생에게 말을 걸었고 옆에 앉았던 금산이 이 할망은 빙떡을 잘 만들어서 텔레비전에도 나왔었다고 얘기를 해버렸다.

"아, 장인이시네요, 장인. 장인이 별 게 있습니까? 무엇이든 한 가지에 대가가 되면 장인입니다, 장인. 이 어머님께 박수."

춘생은 엉겁결에 주목을 받아서 얼굴이 붉어졌지만, 기분이 나쁘지는 않았다. 춘생은 초청 가수가 나와서 노래를 부를 때도 손뼉을 제일 많이 쳤고, 불 쇼를 할 때는 넋을 잃고 바라보았다. 불 쇼가 끝난 다음에 발 안마기가 나왔다.

"우리 빙떡의 장인 어르신, 밤에 잠이 잘 안 오고 두통이 오기도 하죠?"

"아니, 그걸 어떻게 알았어?"

춘생은 밤에 잠이 깨면 잘 자지 못했고 원인 모를 두통으로 진통제를 먹기도 했기 때문에 사회자의 말에 깜짝 놀랐다.

"그게 전부 발의 피로를 풀어주지 않아서 그래요. 우리 오장육부가 다 이 발바닥에 모여 있다는 거 들어보셨죠? 이 발 안마기 한 대면 발의 피로를 풀 수 있어요. 발의 피로가 풀린 다는 게 우리 오장육부 피로를 풀어준다는 것이고 혈액 순환 을 원활히 해주는 거예요. 혈액 순환이 잘 되면 잠이 잘 오고 두통도 말끔히 사라진다 그 말씀입니다. 우리 빙떡의 장인 어 르신이 그냥 장인이 되는 게 아니에요. 손의 수고로움, 머리의 수고로움으로 장인이 된 거라 말씀입니다. 우리 빙떡의 장인 어르신에게는 특별히 할인된 가격 사십만 원으로 모시겠습니 다."

"아니, 어제는 오십만 원이라고 하지 않았어?"

뒤에서 구시렁거리는 소리가 들렸다.

"아이구, 제가 빙떡의 장인 어르신을 존경하는 마음으로 할 인을 한 것인데, 이러다 남는 게 없는데, 에이, 모르겠다. 오늘 모두 할인된 가격 사십만 원에 모시겠습니다. 야, 오늘 우리 저녁에 고기 못 먹겠다. 물에 밥 말아 먹어도 우리 어머님들 편안히 모셔야지."

사회자의 넉살에 춘생 말고도 세 명의 노인들이 더 발 안마 기를 샀다. 춘생은 일시불로 사면 삼만 원을 더 깎아준다는 말 에 다음 날 삼십칠만 원을 현금으로 갖다 줬다.

발 안마를 받자 춘생은 전신의 피로가 가시는 것 같았고 두 통도 사라졌다. 자신을 위해 거금을 쓴 게 처음이었지만 삼십 칠만 원이 아깝지 않았다.

"엄마, 그거 어디서 났어, 얼마야?"

춘생은 발 안마기에 발을 집어넣고 드라마를 보다가 아들 내외를 맞았다.

"오십만 원인데 삼십칠만 원밖에 안 줬다. 십만 원 더 깎고 샀어. 동네에 경남이 엄마랑 찬수 엄마도 다 샀다."

"어머니, 그거 인터넷에서 십오만 원밖에 안 하는 건데 왜 그렇게 비싸게 주고 사셨어요? 필요하면 저희가 사드렸을 텐 데."

춘생은 아들보다 인터넷에서 싸게 살 수 있는 걸 비싸게 샀 다고 말하는 며느리가 더 얄미웠다. 경찬은 발 안마기 가격이 어느 정도인지 몰랐다가 미라가 십오만 원이라 말하자 화를자 냈다.

"그러게, 엄마는 왜 물어보지도 않고 그런 거 덥석 사는 거 야!"

"너희들이 돈 낸 것도 아닌데 왜 다들 난리라니, 됐다."

"어머니, 그게 아니라요, 발 안마기가 필요하다고 하셨으 면 사드렸을 텐데 괜히 바가지 쓰시니까 저희도 속상해서 그런 거 아니에요."

춘생은 미라의 말에 더는 대꾸하지 않고 꽁하고 입을 다물었다.

'니들도 나이 들어봐라. 뭐 사달라고 쉽게 입이 떨어지나. 그리고 발 안마기라는 게 있다는 것도 몰랐는데 어떻게 사달라고 한단 말이냐.'

춘생의 머리에선 이런 말들이 수압을 견디지 못한 물풍선처럼 터지려 했다.

"어머니, 귀가 얇아서 그때도 돈을 사기당한 거잖아요."

춘생은 미라의 그 말에 머리를 한 대 얻어맞은 것처럼 어지러웠다.

춘생은 십 년 전에 남편이 교통사고로 죽고 나서 받은 보험금 일부를 사기당한 적이 있었다. 육지에서 왔다는 서진 엄마는 싹싹한 사람이었다. 농가를 리모델링한 집에 세 들어 살았지만 하고 다니는 것은 깔끔하면서도 멋있는 차림이었다. 동네일에도 부지런히 참석하여 동네 사람들 누구나 서진 엄마를 좋아했고 서진 엄마는 요리하면 동네 사람들을 집에 초청하여 대접하곤 했다. 서진 엄마의 주도로 자연스레 계모임이 형성됐다. 돈을 주식에다 굴렸다며 곗돈 탈 시기에 생각보다 많은 이자를 줬고 자기가 수완이 좋아서 투자한 주식이 올랐다고 비싼 선물을 안기기도 했다. 그래서 소개에 소개를 받으며 이웃 마을 사람 몇 명도 계모임에 들어 왔고 삼 년은 잘 굴러가다가 사달이 났다. 서진 엄마가 동네 사람들과 개인적으로 접촉해서 돈을 더 투자하라고 한 것을 서로가 몰랐던 것이다. 서진 엄마가 투자할 좋은 물건이 있는데 조용히 혼자 알고 있으라는 말을 했기 때문에 동네 사람들은 자기 혼자 서진 엄마와 더 친분이 있어서 특혜를 받고 있다고 생각했다. 많게는 억 단위까지 투자를 한 사람도 있었다.

춘생은 통장에 들어있던 천만 원을 서진 엄마에게 줬고 몇 달은 은행보다 훨씬 많은 이자를 꼬박꼬박 받았다. 그러다 서진 엄마가 야반도주하고 나서 여러 집에서 곡소리가 나기 시작했다. 소문을 들은 아들 내외가 춘생을 추궁했고 춘생은 받은 이자를 빼고 구백만 원을 손해 봤노라 말했다. 아들 내외는 자신들이 가게 넓히는 줄 뻔히 알면서도 얼마 내놓지 않은 춘생에게 섭섭해했다. 춘생은 돈을 더 키워 목돈으로 더 줄 생각이었다고 말했지만, 아들 내외는 믿지 않았다.

"그만해라. 그 얘길 이제 또 꺼내는 거냐, 내가 밭 하나 이전해줘 그거 담보로 대출받지 않았니?"

"어머니는 참, 그거 어차피 우리 은수 아빠 물려받을 거 아닌가요. 좀 빨리 물려줬다고 그렇게 생색내실 거 아니라고요. 대출받은 것도 원금이랑 이자, 제가 힘들어도 꼬박꼬박 물어서 이제 반은 더 갚았다고요."

춘생은 미라가 눈물을 글썽이며 손을 꽉 쥐는 걸 보았다. 춘생은 며느리가 자신에게 섭섭했던 게 진한 눈물로 흐르는 것만 같아 마음이 무거웠다. 춘생은 주위에서 절대로 먼저 집이나 땅을 자식들에게 물려주지 말라는 말들을 들어왔다. 물려주고 나면 뒷방 늙은이 신세라는 게 주위의 말이었다. 뒷집 영순이는 큰아들에게 모든 재산을 이전해 주었다가 아들 사업이 부도나는 바람에 살던 집까지 경매로 다 날아가고 아무도 돌봐주는 사람 없이 양로원에 들어가 살고 있었다. 재산을 이전해주기 전에는 간을 빼줄 것처럼 하던 영순이네 며느리는 재산을 물려준 다음엔 코빼기도 볼 수 없었고 용돈도 제대로 주지 않았다. 그래서 춘생은 죽기 전에는 절대 재산을 물려주지 않을 계획을 세우고 있었던 터인데 그 다짐을 뒤엎고 아들에게 땅을 이전해 준 것을 크게 생각했다. 그러나 미라는 당연한 것으로 여기고 있었다. 춘생은 미라가 답을 미리 알고 있는 계산기처럼 차갑게 느껴졌다. 지금 미라가 주기적으로 자기를 보러 오는 것은 남은 재산을 받기 위한 것처럼 여겨졌다.

춘생이 경로당에서 돌아와 보니 미라는 청소를 말끔히 하고 갔다. 식탁 위에 쪽지가 놓여 있었다.

'어머니, 찬장 좀 정리했어요. 인터넷에서 봤는데 뭐든 공간이 있어야 기가 원활히 흐르고 좋은 기운이 생긴대요. 플라스틱 그릇들은 재활용함에 넣으려고 차에 싣고 가요. 어머니, 다음에 다시 들를게요.'

춘생은 찬장을 쳐다보았다. 칸마다 가득 찼던 플라스틱 그릇들과 잡동사니들이 싹 정리돼 있었다. 춘생은 그것들이 이 몇 개 빠진 자신의 입 속 마냥 허전해 보이기만 했다. 화가 솟구쳤다. 시어미한테 허락도 받지 않고 그릇들을 처분하다니.

춘생은 경찬에게 전화를 걸었다.

"은수 애비야, 은수 엄마가 내 찬장 정리한 것 같은데 그것들 다 필요한 거니까 당장 다 실어오라고 그래라."

경찬이 뒤이어 말하는 소리가 들렸지만, 춘생은 전화를 끊어 버렸다. 잠시 후, 경찬에게서 다시 전화가 걸려왔다.

"엄마, 왜 그래? 은수 엄마가 그러는데 찬장에 바퀴벌레 똥 천지더래. 그렇게 그득 쌓아 뒀다가 죽을 때 가져갈 거야? 은수 엄마가 깨끗이 청소하고 그릇들 다 씻어서 다시 담아놓고 정리한 건데 칭찬은 안 하고 뭐 갖고 오라고 난리야. 나 엄마 그릇으로 밥 안 먹을 거니까 좀 가만있어."

춘생은 간신히 알았다고 말을 뚝뚝 끊어 놓으며 수화기를 내렸다. 남편이 있을 때는 경찬에게도 이건 옳다, 그르다, 큰 소리칠 수 있었지만, 남편이 없는 지금은 아들이 어렵게만 보였다. 무능한 남편 대신 물질하면서 아들을 대학까지 보낸 건 자신이었다. 잠수병이 심할 때는 몸에 안 좋은 줄 알면서도 진통제를 먹으면서 물질을 했다. 아들의 좋은 성적표가 춘생에게 유일한 기쁨이고 위안이었던 시절이 있었다. 그랬던 아들이 자기 아내 역성을 들면서 엄마 그릇으로 밥도 안 먹을 거라니, 춘생은 기가 막혔다.

'못난 자식, 지 여편네한테 꼼짝도 못하고.'

춘생은 분이 다 풀리지 않아 전화기를 들었다가 도로 내려놓았다. 경찬이 먼저 전화를 끊어 버렸지만, 춘생은 다시 전화를 걸 엄두가 생기지 않았다. 사사건건 며느리와 드잡이하던 동네 미자 엄마가 요양원에 간 게 생각났기 때문이다.

엉치뼈를 다쳐 병원을 왔다 갔다 하던 미자 엄마는 거동이 어려워서 몇 년 집에서만 생활하다가 치매기를 보이기 시작했다. 며느리를 자꾸 의심해서 싸움을 거는 소리에 동네가 한동안 시끄러웠다. 미자 엄마는 집에 올 때마다 자기 옷을 훔쳐가

고 옷장 속에 숨겨놓은 돈을 가져갔다고 며느리에게 악다구니
했다. 미자 엄마가 그러든 말든 그 집의 며느리는 대꾸도 없이
얌전히 시어머니가 하는 양을 지켜보기만 했다. 그러다 아들
내외가 양복 입은 사람과 같이 찾아왔다. 그날도 미자 엄마는
며느리가 요번에 왔다 간 후에 돈이 없어졌다며 며느리가 도
둑년이라 말했다. 흥분해 있던 미자 엄마는 양복이 하는 말에
제대로 답을 못했다.

"어머니 연세가 어떻게 되세요?"

"여든하나인가, 여든둘인가, 몰라."

"올해가 몇 년도예요?"

"몰라."

"어머니, 생신은 언제예요?"

"가만있어 봐라. 생일날이라고 애들이 찾아오면 생일인가
보다 하지 그 날짜를 다 기억하나?"

"어머니가 만 원 들고 가서 육천오백 원어치 물건을 샀어
요. 얼마 받으실 거예요?"

"우수리? 알아서 계산 다 해주는데 뭐 그리 골치 아프게 계
산하누?"

흥분이 가라앉자 미자 엄마는 흙탕물이던 물에서 흙이 가
라앉고 물이 깨끗해지듯이 정신이 또렷해졌지만, 양복은 더

질문하지 않았다.

　미자 엄마는 요양 4등급을 받았다고 했다. 요양등급을 판정하러 나온 공무원이 아들의 선배였다는 말도 있었다. 치매가 사람을 의심하고 폭력적으로 만든다고 미자 엄마 며느리가 웃으며 했다는 말에 춘생은 그 웃음이 자기를 향한 것처럼 가슴이 서늘했었다. 미자 엄마의 치매기를 꾸준히 치료하면 완화할 수도 있는데 그 집 며느리가 미자 엄마를 요양원에 가둬버린 것만 같았다.

　춘생은 한숨을 폭 쉬면서 수화기만 만지작거렸다.

*

　춘생은 발 안마기를 생각하니 가슴에 자갈들이 돌아다니는 것처럼 답답했다. 목적지를 담아두지 않고 집을 나섰지만, 어느새 해안도로였다. 바다에는 먹이를 물어뜯는 맹수의 이빨 같은 파도가 해변까지 밀려왔다. 춘생은 전에 낚시꾼이 있었던 갯바위 쪽을 바라보았다. 낚시꾼은 바로 그 자리에서 낚시하고 있었다. 춘생은 갯바위로 다가갔다.

　"많이 잡았수?"

　"아, 어르신, 몸은 괜찮으세요? 어르신들은 처음에 아프지 않다가도 나중에 아플 수 있어요."

"괜찮아. 하나도 아프지 않으니까 이렇게 다시 나왔구먼."

낚시꾼은 낚싯대를 감아 미끼를 확인했다. 새우의 몸통이 거의 사라지고 낚싯바늘에만 일부분이 꿰어져 있었다.

"아까 입질이 있었는데 아깝게 놓쳤어요."

"이녁은 이렇게 매일 낚시 다녀도 되는가?"

"하하, 건강 문제로 좀 일찍 퇴직했습니다. 하루 세 끼니를 마누라에게 다 얻어먹으면 식충이예요. 퇴직해보니까 아내는 매일 모임이다, 회의다 하면서 밖에서 살고요, 저는 집에만 틀어박혀 있다가 이제야 낚시를 배워보는 겁니다. 늦게 배운 도둑질이 무섭다고 낚시에 빠지니까 이것도 중독성이 있네요. 할머니는 운동 삼아 산책하시는 거예요?"

"뭐, 속이 답답하면 그냥 나오는 거지."

"그럼, 오늘도 속상한 일 있으신 거예요?"

"그렇지 뭐. 내가 속상한 게 있어서."

춘생은 불쑥 말해 놓고 자기가 왜 이러나 싶었다. 그러나 속에서는 끓어오르는 용암처럼 열불이 났다. 낚시꾼이 없다면 밀려왔다 밀려가는 파도에게라도 말하고 싶은 심정이었다.

"말씀해 보세요. 제가 듣는 거는 또 잘합니다. 저는 낚싯대를 봐야 하니까 편하게 말씀하세요. 어르신도 제 얼굴 안 보고 얘기해야 편하게 말씀하실 수 있겠지요?"

춘생은 낚시꾼의 말이 끝나자마자 목구멍까지 찬 말들을 꺼내놓았다. 속에서 부글부글 끓다가 까만 숯덩이가 된 말들을.

"있잖은가, 내가 발 안마기를 하나 샀는데 그거 왜 있잖은가, 동네에 천막 치고 노래도 하고 쇼도 하는 데서 오십만 원 하는 걸 십만 원 깎아준다니까 샀거든. 내가 처음부터 살려고 했던 건 아닌데 우리 며느리하고 아들이 십오만 원하는 걸 사십만 원에 비싸게 샀다고 난리를 치는 거야. 귀 얇다고 옛날 일까지 꺼내서 대놓고 무시하고. 내 돈 낸 거니까 아무 말들 말라고 큰소리는 했어도 가격을 알고 나니까 발 안마도 하기 싫고 그거 볼 때마다 화가 나서 말이야."

"그래요? 그거 갖고 가서 환불해달라고 하세요."

"어떻게 그러나, 담았던 박스랑 비닐은 그대로여도 몇 번 사용도 했는데."

"그 천막은 아직도 있나요?"

"아니, 물건들 팔고 천막도 싹 거둬 갔어."

"제가 이래 봬도 경찰 정보과 출신이랍니다. 그놈들 조회 해보면 다 나와요."

낚시꾼은 낚시를 접어 옆에 놓고 춘생의 이름과 주소를 물어본 다음 어딘가로 전화를 걸었다.

지금 거신 번호는 없는 번호입니다. 다시 확인하시고….

"아, 강 순경. 순진한 촌 어르신들 등쳐먹는 약장수들 있잖아. 근래에 동부 지역에서 활동하던 놈들일 거야. 확인해 보고 전화 줘. 어, 그래. 나야 잘 지내지. 빨리 부탁해. 바쁜 거 알아. 그래, 우리 어머니다 생각하고 신경 써 줘."

전화 통화를 마친 낚시꾼은 십 분 뒤로 알람 벨 설정을 했다.

"이놈들은 법망을 요리조리 피해서 콩밥 먹이기 힘들어요. 어르신처럼 환불 처리 해달라고 당당하게 나서는 분도 없고요. 그래도 경찰이 나서면 자기네가 불리하니까 빨리 일을 무마하려고 할 겁니다."

십 분이 지나자 낚시꾼의 핸드폰 알람 벨이 울렸다. 낚시꾼이 알람 벨을 끄고 핸드폰을 귀에 갖다 댔다.

"어, 강 순경. 찾았어? 어, 그래. 잘했어. 잘됐네. 그래, 그래. 알았어. 통장하고 도장하고? 그래, 그래."

낚시꾼이 일방적인 통화를 끝냈다.

"그놈들 찾았어요. 환불 된다는데 발 안마기는 가져가야 해요. 동부 경찰서에 환불받을 통장하고 환불받았다는 확인증에 찍을 도장 갖고 가면 된다네요."

낚시꾼은 백 점짜리 시험지를 뒤에 감추고 칭찬을 확보한 어린애처럼 웃었다. 춘생도 덩달아 일이 잘 풀린 걸 알고 자신도 모르게 손뼉 치게 되었다. 환불받을 수 있다는 말에 춘생은 허방인 줄 알고 있었던 곳에 디딤돌이 생긴 것만 같았다. 춘생은 환불받으면 며느리에게 그렇게 좋아하는 인터넷인가 뭔가로 발 안마기를 사내라고 큰소리를 치리라 다짐했다. 당황하는 며느리 앞에 삼십칠만 원이 든 돈 봉투를 인심 쓰듯 던져도 좋으리라.

"어쩐지, 남다르더니 경찰이었구먼. 돈을 받을 수 있단 말이지? 바가지 썼다고 시어밀 무시하고 말이야."

춘생의 마지막 말은 혼잣말이었지만 목소리가 꽤 컸다.

"이 사람들이 내일 아침이면 서울로 뜰 거라서 오늘 중으로 돈을 수령하래요. 서울로 가 버리면 아무래도 일이 오래 걸릴 거예요."

"아이고, 어쩐다. 날 다 저물어 가는데."

낚시꾼은 춘생의 말에 잠시 뜸을 들였다.

"이렇게 하시죠. 제가 아무래도 시내 들어가야 하니까 제가 거기까지 태워다 드릴게요. 오는 편은 택시를 타시든지 아드님이 시내 산다고 했으니까 아드님한테 전화해서 아드님 집에서 주무시고 내일 데려다 달래든지 하시면 어떨까요."

"아이구, 그렇게 하면 되겠네. 자네가 또 수고스럽겠구먼.

올 때는 택시 타고 오지 뭐."

춘생은 아들 내외의 도움 없이 일을 마무리 짓고 싶었다.

"그럼, 저랑 같이 발 안마기 갖고 가서 환불받아 올까요? 아드님한테 그렇게 해달라고 하기도 부끄럽고 그러셨지요? 어르신 보니까 제 돌아가신 어머니 생각이 나네요. 제 어머니도 섭섭한 게 있어도 말씀도 못 하고 그러시더라고요. 그게 지금도 요 가슴을 콱 찔러요."

낚시꾼은 목이 메는 척 헛기침을 했다. 춘생은 이해한다는 듯 천천히 고개를 끄덕이며 바다를 바라보았다. 핏덩이 같은 해를 가리는 구름이 붕대 밖으로 삐져나온 탁한 피 색깔을 띠며 천천히 흘러가고 있었다.

춘생은 낚시꾼의 차를 타고 집으로 왔다. 낚시꾼은 춘생의 주민등록증을 달라고 하여 앞, 뒤를 핸드폰 카메라로 찍었다. 춘생은 낚시꾼의 세심한 행동들이 모두 믿음직스러웠다. 처음에 만났을 때부터 다친 노인네를 집까지 데려다주던 친절한 사람이었다. 춘생은 자신을 위해서 애써주는 낚시꾼이 고마워서 냉장고에 있던 사과즙을 꺼내 건넸다. 낚시꾼은 사과즙을 마시며 잡초 하나 없이 잘 손질된 춘생네 마당을 칭찬했다.

춘생은 손가방에 통장과 도장을 야무지게 챙겼고 지갑에

카드가 잘 있는지, 현금이 넉넉한지도 살폈다. 춘생이 발 안마기 박스를 꺼내자 낚시꾼이 무겁다며 자신이 넘겨받아 차 트렁크에 실었다. 춘생은 낚시꾼의 차 뒷좌석에 앉았다.

낚시꾼의 차는 동네 어귀를 벗어나 일주도로를 달리기 시작했다. 춘생은 택시를 못 잡을 경우를 위해서 경찬의 핸드폰 번호를 적어 올걸 하고 생각했다. 평소에 경찬의 전화번호를 잘 외우고 있었지만, 집 전화기 있는 쪽 벽에 적혀 있는 경찬의 핸드폰 번호가 어스름 속 가로수들처럼 가물가물했다.

나도 벌써 치매인가.

춘생은 멀어지는 동네가 아련하게 눈에 밟혔다. 낚시꾼 차의 잠금 소리가 찰칵하고 춘생의 귀를 파고들었다.

마
중

마중

*

　해리는 간신히 눈을 떴다. 머릿속은 구겨진 폐지들로 꽉 채워진 것처럼 도무지 생각이란 것을 할 수가 없었다. 전화는 해리가 받을 때까지 물러서지 않겠다는 기세로 계속 울렸다. 자기 전에 벨 소리를 무음으로 바꿔놓지 못한 것을 후회하기엔 이미 늦어 있었다. 해리는 전날 밤 과음한 자신을 탓하며 발신자를 확인했다. 해도였다.

　"누나, 너무 무심하다는 생각 안 들어?"

　"나중에 전화할게. 지금 내가⋯⋯."

　"나중은 무슨. 요양원에서 엄마 퇴소시키래. 밥 먹으라 그러면 식판 엎어버리고 요양사 때려서 그 사람 이도 깨졌어. 요양원에서 쫓겨나게 생겼으니까 이번엔 교수님이 다른 요양원 알아보든가 해."

해도가 일방적으로 툭 전화를 끊었다. 해도는 해리의 처사가 못마땅할 때 해리를 '교수님'이라 불렀다. 해리는 십 년째 도시를 넘나들며 대학 시간강사를 하다가 지금의 대학에 전임강사 자리를 얻었다. 대학에서 강사와 교수의 차이는 삼선슬리퍼와 명품구두만큼 컸다. 삼선슬리퍼는 언제든지 대체할 수 있고 버려도 아깝지 않은 물건이었다.

고향에 내려갈 때마다 어머니와 동네 사람들이 '교수님 왔다'라고 말하며 반기면 해리는 남의 이름이 새겨진 옷을 입은 것처럼 얼굴이 뜨거워졌다. 아직 교수가 아니라고 처음에 못을 박았지만, 대학에서 강의하면 모두 교수인데 무슨 말이냐며 해리의 겸손을 나무랐다. 그러나 해리는 그럴 때마다 강의실을 찾지 못해 헤매는 꿈을 꾼 아침처럼 마음이 불편했다. 그런 해리의 사정을 잘 알고 있는 사람이 해도였다. 그랬기 때문에 해도는 화가 난 마음을 전하고 싶을 때 해리에게 '교수님'이라고 깍듯하게 찔렀다.

며칠 전에 박 교수가 전임교원으로 해리를 추천하겠다고 한 약속은 교수임용이 다 된 것과 다름없는 말이었다. 박 교수는 재단의 실세였고 학장이기도 했다. 전임교수 채용은 강의 시연과 면접으로 이루어졌지만 강의하다가 긴장으로 졸도하거나, 면접 시에 면접관으로 앉은 총장과 학장들 얼굴에 침을 뱉지 않는 이상 해리는 이미 교수로 임용된 것이나 마찬가지였다.

해리는 잠을 털어버리고 벌떡 일어나 앉았다. 아침 7시 30분은 타인에게 전화하기에 이른 시간이었지만 해리는 시지에게 전화를 걸었다.

"시지 씨, 오늘 농성장에 나가지 못할 거 같아. 제주에서 급하게 전화 왔는데 아무래도 엄마한테 다녀와야겠어."

시지도 잠결에 전화를 받았는지 한동안 상황 파악이 안 된 것처럼 한 박자를 놓치고 말을 이었다.

"어머니가 많이 안 좋으신가 봐."

"응. 며칠 걸릴 거야."

"다녀와. 고양이 밥은 내가 줄게."

시지는 해리의 생리 주기를 아는 유일한 남자였다. 결혼까지 생각도 했지만, 서로에게 결혼 후가 너무 구차했기에 둘 중 아무도 결혼에 안달하지 않았다. 그러는 사이에 친구 같은, 가족 같은 사이로 남아 이제는 만나면 서로를 너무나 속속들이 알고 있다는 부담감이 앞섰다.

해리는 시지와의 통화로 골치 아픈 일을 유예했다는 생각이 들었다. 명절에도 해리는 고향에 내려가지 않았기에 이번 해리의 제주행은 시지의 강사 해임을 반대하는 첫 농성에 가지 못할 만큼 해리의 어머니가 아프다는 분위기를 풍길 게 틀림없었다. 아직 해리는 시지에게 박 교수가 교수임용을 약속했다는 말을 하지 않았다. 시지가 해임통보를 받은 시점과 맞물려 있었기 때문에 얘기를 꺼낼 상황이 아니었다.

시지는 교수들 사이에 미운털이 박힌 처지였다. 논문 저자로 교수의 이름을 슬그머니 얹어 놓거나 교수 자녀의 이름을 끼워 넣는 것을 시지는 용납하지 않았다. 그런 모난 행동에도 불구하고 시지의 아슬아슬한 강사 유지는 대학이 그만큼 썩지는 않았다는 것을 보여주기 위한 대학의 연기처럼 보였다. 그러나 박 교수의 연구비 유용 비리를 자꾸 들추다 시지는 박 교수로부터 표적 징계 대상이 되었고 대학은 시지의 발언을 문제 삼아 시지를 해고하고 말았다.

어제의 술자리는 강사들끼리 모인 자리였다. 모두 시지가 부당하게 해고당했다는 것에 의견이 일치했고 오늘부터 학교 앞에서 부당해고를 철회하라는 농성을 벌이기로 의기투합을 했던 것이다.

해리는 다른 강사들의 주장에 동조하는 말을 열의 없이 얹어 놓기만 하면서 박 교수가 시지와 자신의 관계를 알고 있는지, 시지가 해고당한 것이 자기의 교수임용 약속과 시간차가 어떻게 되는지에만 골몰했다. 친한 사람들도 해리와 시지가 결혼까지 생각했던 사이라는 걸 잘 모르고 있었다. 둘이 같이 있을 때 노골적인 애정행각은 물론 따뜻한 말도 서로 주고받지 않았기 때문이었다. 대부분 해리와 시지는 의견 차이로 서로 으르렁거리곤 했다. 박 교수가 시지와 해리의 사이를 가깝다고 오해할 이유가 없었다.

그러나 신경 쓰이는 것은 박 교수의 교수임용 제안이 시지의 해고통보 시점과 너무 가깝다는 점이었다. 교수임용이 확정된 거나 마찬가지인 해리가 학교 앞에서 시지의 해고철회 농성에 가담한 것을 박 교수가 곱게 볼 리는 없었다. 해리는 해도의 전화가 자신을 곤란한 상황에서 빼내 준 것 같았다.

*

해리는 차를 렌트하여 곧장 요양원으로 향했다. 해리의 어머니는 삼 년째 M 요양원에 머물고 있었다. 종교단체에서 운영하는 M 요양원은 지은 지 얼마 되지 않아 시설이 깨끗했고 주위에 산책 코스도 있었다.

방문록에 어머니의 이름인 '김춘자'를 적고 관계를 적는 칸에 딸이라고 적으면서 해리는 바로 몇 번째 칸 위에서 해도가 다녀간 흔적을 찾았다. 해도는 어제 오후 6시에 방문 기록이 남아 있었다.

해리는 바퀴에 흙이 덕지덕지 묻은 트럭에서 내리는 해도를 상상할 수 있었다. 해도는 물려받은 두 개의 밭 말고도 다른 밭들도 임대하여 농사를 짓고 있었다. 인부를 데리고 하는 해도의 작업은 대부분 5시에 끝났다. 마무리하고 작업복도 갈아입지 않은 상태로 해도의 유일한 자가용인 트럭을 몰고 와야 저녁 6시가 될 터였다.

해리는 들고 온 음료수를 사무실에 건네고 면회실에 앉았다. 잠시 후 요양사가 뒤에서 휠체어를 밀면서 면회실로 들어와 춘자를 부축하여 소파에 앉혔다.

"우리 춘자 할머니, 따님 오니까 좋지요?"

요양사가 아기 어르듯 춘자와 눈을 맞추며 춘자의 머리를 쓰다듬었다. 춘자가 요양사의 팔을 때렸다. 요양사가 팔을 감싸 쥐며 고개를 절레절레 흔들었고 당신 어머니 상태를 알겠느냐는 듯 해리를 쳐다보았다. 해리는 요양사의 행동과 심정에 동조해줄 마음이 추호도 없었다. 요양사가 어머니의 머리를 쓰다듬을 때부터 해리는 충분히 자기의 분노를 억눌렀다고 생각했다. 타인이 아기에게 그러듯이 자기 어머니 머리를 쓰다듬는 것이 해리는 보기 싫었다.

"엄마는 이제 제가 볼게요."

요양사가 해리에게 어깨를 으쓱했다. 두들겨 맞은 팔에서 계속 손을 떼지 않던 요양사가 충분히 위로받지 못했다는 표정을 지으며 나갔다.

"엄마, 나, 해리야."

춘자가 뭐라고 중얼거렸지만, 해리는 알아들을 수가 없었다. 가까이 가면 해도마저 때리려 한다고 했지만 정작 해리 앞에서 춘자는 고분고분하기만 했다.

춘자는 문맹이었다. 그러나 사람들은 춘자가 문맹이라는 걸 거의 알지 못했다. 글을 읽지 못할 뿐이지 기억력이 남달랐고 셈도 빨랐기 때문이었다. 해리는 춘자를 대신해서 은행에 다녀오고 학교에 내야 할 학부모의견서를 대신 썼다. 어릴 때 돌아가신 아버지, 문맹인 어머니를 생각하면 해리는 자신이 마치 계속 담금질을 당하며 더 세게 두들겨지는 쇳덩이가 돼야만 할 것 같았다. 그렇게 다부지게 살아왔는데 자기에게 남은 것은 시간강사라는 초라한 명함이었다. 해리에게 이번 교수임용은 절대로 놓칠 수 없는 기회였다.

해리는 홍시와 떡을 면회실 탁자 위에 꺼냈다. 해도가 요양원에 갈 때면 꼭 그것들을 사 들고 간다고 해서 오는 도중에 음료수와 같이 마트에서 산 것들이었다.

"엄마, 엄마가 식판 자꾸 엎었어? 요양사들도 때리고. 그렇게 행패 부려서 이 요양원에서 쫓겨나게 생겼어."

해리는 일회용 숟가락으로 홍시를 떠서 춘자에게 먹였다. 물렁물렁한 주황색 속살의 반은 춘자의 입가에서 흘러내렸다. 해리가 티슈를 뽑아 춘자의 입가를 닦자 춘자가 갑자기 해리의 팔을 때렸다. 해리의 다른 손에 들렸던 홍시가 해리의 무릎에 부딪힌 다음 바닥에서 뭉개졌다. 해리의 정장 바지에 도륙당한 동물의 살점인 양 홍시의 살점이 들러붙어 있었다. 그것을 보면서도 어머니에게 맞는 게 처음이라 해리는 감전된 듯 한순간 꼼짝할 수가 없었다. 춘자가 바닥에 떨어진 홍시를 주워 입으로 가져갔다. 해리가 그것을 빼앗자 춘자가 해리의 머리채를 잡아당겼다. 해리는 춘자의 어깨를 강하게 잡고 흔들었다.

"엄마, 나 해리야! 해리라구!"

"호이익."

춘자가 휘파람 소리를 냈다. 한순간 동영상의 잠시 멈춤을 누른 것처럼 면회실에 정적이 찾아들었다.

해리는 어머니가 내는 휘파람 소리가 숨비소리라는 것을

알았다. 해녀들이 물질하다가 참았던 숨을 쉬기 위해서 물 밖으로 나왔을 때 내는 소리였다. 해도와 손을 잡고 바닷가에서 어머니를 기다릴 때 해녀들이 물질하는 곳에서 그 소리가 들렸다. 숨비소리는 바다가 아닌 곳에서도 들을 수 있었다. 어머니는 힘든 밭일을 하다가도 가끔 숨비소리를 냈다. 어린 해리가 숨비소리는 바다에서만 내는 게 아니냐고 물어봤을 때 춘자는 지치고 피곤할 때도 숨비소리를 내면 시원하다고 말하곤 했다.

해리는 어머니가 이 순간 숨비소리를 내는 것이 지금 지치고 피곤하다는 뜻인지, 아니면 예전의 습관이 튀어나온 것인지 알 수가 없었다. 그러나 정신이 온전치 못한 어머니가 내는 숨비소리는 낯선 곳, 엉뚱한 상황에서 흘러나왔기에 해리에게는 어머니의 비명처럼 들렸다.

'엄마는 지금 어떤 곳에서 숨을 참고 표류하는 중일까.'

폭풍우 몰아치는 바다에서 표류하다가 가까스로 구명부표를 잡은 것처럼 춘자는 숨을 거칠게 쉬다가 이내 잠잠해졌다. 해리가 집어줄 새도 없이 춘자는 떡을 잡아 입에 넣고 오물오물 씹었다.

"김,춘,자,씨, 엄마 이름은 기억할 수 있어?"

춘자가 대답이라도 할 듯 해리 쪽을 쳐다보다가 입만 우물

거렸다. 해리는 어머니가 떼를 쓰다가 투정을 그친 순한 아기
처럼 보였다. 꽃병을 깨트린 줄도 모르고 꽃병 안에서 흘러나
온 물에 발을 첨벙거리는 아무것도 모르는 순박한 아기. 해리
는 자기도 모르게 어머니의 머리를 쓰다듬으려다가 멈칫했다.
그것은 짧은 순간이었고 해리는 어머니의 머리를 쓰다듬고 귀
밑으로 흘러내린 머리카락을 귀 뒤로 넘겨주었다.

해리는 어머니와 같이 요양원 주위의 산책길을 돌겠다고
요양사에게 허락을 구했다.
"원장님이 가기 전에 상담하고 가래요."
춘자에게 맞았던 요양사가 해리에게 말했다. 요양사가 나
간 후 면회실에서 있었던 소동을 다 알고 있는 듯 자못 당당한
목소리였다.
"엄마, 밖에 나오니까 좋지?"
요양원 주위의 담장에는 담쟁이가 손바닥 같은 잎들을 달
고 있었다. 그 사이로 앙상한 덩굴들이 해리 눈에는 어머니의
손등 위로 불거진 핏줄들처럼 보였다.
산책 코스를 중간쯤 돌자 벤치에 두 사람이 보였다. 노인
은 휠체어를 탔고 남자는 벤치에 앉아 있었다.
"딸인가, 며느리인가?"

휠체어에 탄 노인이 해리에게 말을 걸었다.

"딸이에요."

"교수한다는 딸? 춘자 성님이 정신만 온전했으면 나랑 말 벗할 텐데 말이야. 난 이 성님 바로 옆 동네에 살았거든. 춘자 성님이 워낙 해녀들 사이에서도 유명했었주."

"우리 어머니를 아세요?"

"물숨이 길기로 유명한 상군 해녀였주. 나도 물숨이 누구한테 뒤지지 않는데 이 춘자 성님한테는 당하지 못했어. 그렇게 악착같더니 이게 무슨 일이라. 아무것도 기억 못 할 거 아니라. 춘자 성님이 물질하면서 독한 약을 많이 먹어서 치매 걸린 게 아닌가 싶어. 난 큰애 낳고 아이가 귀가 잘 안 들린다는 거 알고 죽기 살기로 약을 끊었거든. 그래서 그런가, 둘째는 멀쩡해."

해리는 남자가 해리와 노인의 입 모양을 주시하는 것을 보았다. 그 남자는 청각에 이상이 생겨 입술의 움직임을 보고서야 대화를 따라올 수 있는 것 같았다.

"춘자 성님한테도 그 센 약 먹지 말라고 했지만, 물질이 오죽 힘든 일이어야 말이지. 물속에 들어가면 다섯 시간은 물질해야 했으니까. 잠수병이 무서워. 약으로 버틸 수밖에."

"다섯 시간이라 그랬어요? 한번 들어가면 다섯 시간을 물에 있는 거 맞아요?"

"아이구, 해녀 딸이 그것도 몰랐어?"

해리는 어머니가 물질을 나가면 한참 지나야 집에 돌아온 다는 것은 알고 있었다. 해리가 엄마 보러 가자고 떼를 쓰는 헤도를 데리고 바다에 나가면 어머니는 바닷속에서 물질 중이 거나 동네 사람들과 같이 공동 작업으로 톳을 걷거나 우뭇가 사리를 채취하고 있곤 했다. 그러나 해리와 헤도는 그때마다 왜 바다에 나왔냐는 어머니의 호된 꾸지람을 듣고 집으로 발 길을 돌렸다.

해리는 해녀들이 물질을 시작하면 다섯 시간이나 물속에 있는 줄은 까마득히 몰랐다. 물질하는 동안 힘들면 뭍으로 나 와서 쉬고 몸이 회복되면 다시 들어가는 방식으로 오랜 시간 을 물질하는 것으로 착각하고 있었다. 해리는 상군 해녀인 어 머니가 깊은 바다에서 뭍으로 나오는 과정이 더 걸리므로 꼬 박 물에서 작업할 수밖에 없는 상황이 이해가 됐다. 그러나 다 섯 시간이라는 말은 해리를 압도하고 털어도 떨어지지 않는 먼지처럼 자꾸 해리의 의식에 달라붙었다.

"그럴 만도 하주. 혹여나 힘든 바다 일에 자식들이 관심 보 일까 봐 바다에는 코빼기도 보이지 말라는 사람들이 많았주. 춘자 성님도 그랬을 테고. 춘자 성님이 딸이 교수라고 얼마나 우리한테 자랑했는지 몰라."

"할머니는 어떻게 여기에……."

해리는 어머니에 비하면 너무나 멀쩡해 보이는 노인에게
물었다. 해리는 대화의 초점을 어머니로부터 돌려놓고 싶었
다. 타인이 계속 어머니에 대해 주절주절 풀어놓을수록 별 필
요하지도 않은 부록처럼 자신의 미숙한 시절이 떠올랐다.

초등학교 졸업식 날이었다. 해리는 초등학교 3학년 때 동
네에 있는 학교에서 시내로 전학을 갔다. 시내에 사는 외삼촌
네 집 주소로 위장 전입하여 전학 수속을 밟았다. 동네에서 여
자아이가 시내로 유학이라면 유학을 떠난 것은 또래 중에 해
리가 유일해서 한참이나 동네 사람들의 입방아에 오르내렸다.

도통 학교 행사에 얼굴을 비추지 않던 춘자는 해리의 졸업
식에 모습을 나타냈다. 춘자의 모습은 화려한 공작들 사이의
암탉처럼 보였다. 해리는 졸업생 대표로 졸업생 인사말을 했
다. 춘자의 상기된 표정을 모른 척하며 해리는 외삼촌이 사주
겠다는 짜장면도 먹지 않고 집에 가겠다며 고집을 부렸다.

해리는 검게 탄 어머니의 얼굴, 짧고 푸석한 파마머리, 유
행이 지난 블라우스와 주름치마, 보풀이 일어난 겨울 코트를
지금도 사진을 보듯이 기억할 수 있었다.

"내가 눈 오는 날 길에서 미끄러져서 허리를 다쳤주. 뭐가

잘못됐는지 허리를 수술해도 이 다리를 쓰지 못하는 거야. 그래서 내가 아들만 둘인데 여기에 왔지. 내가 여기 오겠다고 했어."

"그러셨군요."

"여기 오니까 오죽 좋아. 때 되면 밥 줘. 운동도 시켜줘. 노래도 가르쳐줘. 저런, 춘자 성님, 잠 오나 보네."

춘자가 휠체어에서 꾸벅꾸벅 졸고 있었다. 목이 이리저리 흔들렸다.

해리는 요양사에게 어머니를 인도하고 원장실로 향했다.

"동생분한테도 말씀드렸지만, 우리 요양사들 고충이 이만저만이 아닙니다. 모두 그만둔다고 난리도 아니에요. 제 입장이 참 곤란합니다."

원장은 굵은 테 안경 너머로 해리를 쳐다보았다. 해리는 해도가 전화로 다른 요양원을 알아봐야 한다고 말했던 터라 동요하지 않았다. 원장은 해리가 다음 말을 잇기를 기다리는 것처럼 뜸을 들였다. 해리는 어머니를 계속 이 요양원에 머물 수 있게 해달라고 읍소할 순서임을 알고는 있었다. 삼 년 전 요양원에 처음 왔을 때 해도와 수영은 죄지은 사람처럼 요양원 사람들에게 굽실거렸다. 요양원에 공짜로 어머니를 맡기는 것도 아닌데 필요 이상으로 굽실거리는 두 사람이 해리는 불만이었다. 요양등급을 받고도 마땅한 요양원 자리가 나지 않아 어머니를 요양병원에다 몇 개월 모셔야 했던 상황이 있었다고 해도 해리는 그들의 굽실거리는 행동이 언제나 지나쳐 보였다. 해리에게 요양병원과 요양원의 차이는 자신이 부담하는 금액의 차이일 뿐이었다.

"제가 서울에서 막 내려왔어요. 다른 요양원을 알아볼 때까지만이라도 부탁합니다."

해리의 말에 원장이 생각하는 것처럼 마주 앉은 탁자를 손가락으로 툭툭 두들겼다.

"다른 요양원 가도 마찬가지일 겁니다. 병원에서 약을 좀 센 것으로 바꿔보고 그래도 폭력 성향이 가라앉지 않으면 그때는 저희도 어쩔 수 없습니다."

해리는 원장의 말이 의아했다. 해도는 당장 퇴소해야 하는 것처럼 얘기했는데 원장은 약을 바꿔본 후로 미루고 있었다. 해리는 원장이 해도에게도 똑같은 말을 했음을 의심하지 않았다.

해리는 요양원을 나오며 해도에게 전화를 걸었다. 해도는 전화를 받지 않았다. 한창 작업 중인 모양이었다. 해리는 수영에게 전화할까 하다가 그만두었다.

*

　해리는 어릴 때 해도와 손을 잡고 어머니를 기다리던 바닷가에 섰다. 자갈길은 어느새 아스팔트로 바뀌고 양옆으로 펜션과 횟집이 늘어서 있었다. 그것들은 마치 아스팔트가 슬어놓은 알들처럼 보였다. 바다에서는 해녀들이 물질하고 있었고 해녀들의 숨비소리가 바다가 부는 휘파람 소리처럼 들렸다.

　대학을 서울로 가기 전부터 언제나 탈출하고 싶은 고향이었다. 그러나 서울에서 혼자 살면서 해리가 외롭거나 허전할 때 가장 보고 싶은 것은 바다였고 가장 듣고 싶은 것은 지긋지긋하던 파도 소리였다. 가장 지겨웠던 것이 가장 많이 떠오르는 것에 진저리를 치면서도 해리는 혼자 눕는 밤에 파도 소리를 떠올리곤 했다. 파도 소리와 함께 가족들이 책의 주석처럼 따라붙었다. 해리에게 가족은 본문보다 길어져 버린 주석이었다.

　해리는 바닷가 갯바위에 앉아 바다를 동영상으로 녹화했다. 녹화해 두었다가 서울에서 백색소음처럼 들으려는 심산이었다. 해리는 혼자 있을 때 상상의 파도 소리가 아닌 실제의 파도 소리를 듣고 싶었다. 어쩌면 녹화된 바다는 서울에서 동영상을 켰을 때 예전의 지긋지긋함을 돌려줄지도 모른다고 해리는 생각했다.

해리의 핸드폰이 울렸다. 부재중 전화를 확인한 해도인 줄 알았는데 뜻밖에도 시지였다.

"제주 공기는 여기랑 다르지? 어머니는 괜찮아?"

"좀 더 지켜봐야겠어. 지금 학교 아니야?"

"화장실에 갔다 오다가 전화하는 거야. 좀 전에 박 교수가 지나가다가 나를 보더니 이런 말을 하더라고. 빠진 자리만큼 전임교원 전환이 이루어질 거라면서 얼마 가지 못할 일에 힘빼지 말라고. 해리 씨는 뭐 들은 거 없어?"

해리는 시지가 뭔가를 눈치채고 자기에게 전화하는 것만 같았다.

"아니. 박 교수는 원래 자신이 히든 패를 잡은 것처럼 보이게 애쓰는 사람이잖아."

"그렇지? 해리 씨한테 가면 일이 깔끔하게 정리된다니까. 여기 신경 쓰지 말고 일 잘 봐."

시지와의 통화를 끝내자 해리는 자기가 마치 직무유기를 한 기분이 들었다. 시지는 해리가 제주에 내려가지 않았다면 마땅히 농성을 같이해야 한다는 투였다. 해리는 살아오면서 한 번도 농성이라든가 시위에 참여한 적이 없었다. 자신과 직접 연결된 이슈들이 없었고 간접적인 것들은 자기 앞만 파고 있던 해리에게는 보이지 않았다.

해리는 빨간 띠를 머리에 두른 어머니의 모습을 인터넷에서 본 적이 있었다. 조카 진예가 한 장의 사진을 인터넷에서 찾아냈고 해도에게 얘기하자 해도가 해리에게 귀띔해 온 것이었다. 해리가 본 사진은 콘도에서 오수가 흘러 비다가 오염되고 해산물의 씨가 말랐으니 생존권을 보장하라는 시위였다. 몇 번의 진정에도 행정당국이 아무런 조치를 해주지 않았다는 설명이 붙어 있었다.

사진 속 춘자는 잠수 회장도 아니면서 가장 극렬하게 싸우고 있었다. 같은 색상의 등산복 점퍼를 걸친 해녀들이 머리에 빨간 띠를 두르고 피켓을 들었다. 춘자는 맨 앞에서 경찰들과 대치한 채 핏대를 올리고 있었다. 등산복 점퍼는 앞 지퍼를 채우지 않아 밀리고 미는 과정에서 한쪽 어깨가 내려오기까지 했다. 해리는 그때 못 볼 것을 본 것처럼 얼굴이 확확 달아올라서 노트북을 꺼버렸다.

"누나, 전화했었네?"

해도는 아침에 화를 내며 전화했던 것은 잊어버린 것처럼 친근하게 굴었다.

"엄마한테 들르고 지금 집으로 가는 중이야."

해도는 해리가 말하는 집이 어디인지 잠시 헷갈렸다. 요양원 들르고 서울로 바로 올라간다는 것인지, 아니면 자신의 집으로 오고 있다는 것인지. 해리는 요양원만 들르고 서울로 도로 올라가 버릴 수 있는 사람이었다.

"진예 엄마한테 저녁 맛있는 거 해놓으라고 할게. 지금은 물질 갔을 거야."

"진예 엄마가 물질한다고? 너 왜 그 얘기 안 했어?"

해도는 해리가 자기 생활에 대해서 시시콜콜 얘기하지 않는 것처럼 자신도 자신의 농사와 아내의 물질에 대해서 누나에게 꼭 얘기해야 한다는 생각을 하지 않았다. 해리의 학문적인 성취와 자신과 아내의 평범한 일과는 해와 달만큼 거리가 있다고 생각했다. 해가 항상 보는 낮의 풍경을 얘기하고, 달이 밤의 풍경만 들려주는 것처럼 해도와 해리의 대화는 서로를 이해하지 못하고 끝나기 일쑤였다.

"지금 얘기하고 있잖아."

해도의 목소리에 짜증이 묻어났다.

해리는 해녀들이 점점 뭍으로 가까워지는 모습을 지켜봤

다. 주황색 테왁들이 수많은 마침표 사이의 느낌표처럼 바다 위에 솟아 나와 있었다. 갯바위에 앉아 있던 남자가 일어섰다. 그는 해녀들이 뭍으로 나올 때 망사리를 갈고리로 찍어 끌어 올려주었다. 해녀들은 뭍으로 나와 물안경을 벗어 머리 위로 올리고 코로 숨을 들이쉬었다. 검은 고무 옷을 입은 해녀들은 누가 누구인지 잘 구분이 되지 않다가 물안경을 벗자 쪼글쪼글한 얼굴들이 드러났고, 해리는 그중에서 가장 나이가 어려 보이는 수영을 찾을 수 있었다. 수영의 망사리는 다른 해녀들의 것에 비해 반도 차지 않았다.

"이게 누구라. 해리 아니라?"

이웃에 사는 최 씨가 먼저 해리를 알아보았다. 해리는 최 씨의 나이가 여든이 넘었다는 데 생각이 미쳤고 지금도 물질을 하고 있다는 것에 놀라지 않을 수 없었다. 더욱 놀라운 일은 몇십 년이 흘렀는데도 자신의 이름까지 정확히 기억하고 있다는 것이었다.

수영은 회색 정장에 선글라스를 쓴 해리를 보자 문어가 먹물을 쏘아 시야가 캄캄했던 것처럼 놀랐다. 자신이 먹물에 놀라서 바위틈에 숨은 돌우럭이라면 해리는 유유히 바다를 유영하는 돌돔인 것 같았다.

수영은 오늘따라 물질이 힘들었던 터였다. 전날 한 사람의 일꾼 비용이라도 아껴보려고 해도의 밭일을 거들었기 때문에 몸이 무거운 탓이었다. 수영은 망사리를 지고 일어섰다. 다른 해녀들의 채취량에 비해 턱없이 부족한 물량이었지만 그것을 지고 일어서는 데도 호맹이로 바위를 찍어 힘을 모아야 했다.

"형님이 여기는 어쩐 일이래요?"

"어머니 뵙고 오는 길이에요."

수영은 자기에게 꼬박꼬박 높임말을 쓰는 해리가 더 낯설게 느껴졌다. 해리는 해도한테는 편안하게 반말을 해도 수영에게는 높임말을 썼다. 수영이 말을 놓으라고 매번 말했지만, 해리는 수영에게 말을 낮추지 않았다. 그래서 수영은 시누이가 자기를 귀히 여긴다고 생각되기보다는 도저히 편안해질 수 없는 이방인으로 취급한다는 생각이 들었다.

*

해리는 어머니 방에 가방을 풀었다. 서울로 올라가기 전에 해리가 쓰던 방은 조카 진예가 쓰고 있었다. 춘자의 방에서는 고여 있던 공기가 내뿜는 쿰쿰한 냄새가 났다. 해리는 창문을 열었다. 바다가 한눈에 들어왔다. 해리가 어릴 때 쓰던 방에서는 바다가 보이지 않았다. 초가를 뜯고 집을 새로 지었을 때 해리가 해도보다 더 작은 구석방을 쓰겠다고 하자 해도는 입이 벌어졌고 춘자는 해리의 눈치를 살폈다. 해리가 그 방을 선택한 이유는 바다가 보이지 않는다는 것 때문이었다.

해리는 갈아 신을 양말이 없다는 것을 깨달았다. 평상복과 속옷은 캐리어에 집어넣었지만, 양말을 챙기지 못했다. 해리는 어릴 때부터 가족에게도 맨발을 보이는 게 싫었다. 해리는 춘자의 옷장 서랍을 열었다. 거기에는 상자를 뜯지 않은 내의 세트와 새 팬티가 차곡차곡 놓여 있었고 상표가 그대로 부착된 양말들이 많았다.

해리가 중학생이 되어 춘자와 몸피가 비슷해졌을 때 해리가 입지 않아 버리는 옷은 춘자의 평상복이 되기 일쑤였다. 해리의 학교 이름이 새겨진 체육복을 춘자는 시장에 갈 때 입고는 했다. 해리가 길길이 날뛰어도 '아직 멀쩡한데…….' 하며 춘자는 괘념치 않았다.

해리는 새 양말의 비닐을 뜯으려다가 그만두고 맨발로 어머니 방을 나왔다.

술상이 차려지고 오분작 버터구이와 구운 소라를 수영이 내왔다.

"물질은 할 만해요? 놀랐어요. 올케가 물질한다고 해서."

"나도 바닷가 동네에서 자랐는데요, 뭘. 우리 친정어머니는 내가 물질하는 건 바라지 않았지만, 난 물질이 좋아요. 우리 할머니도 해녀였고 우리 어머니도 해녀이고 대대로 해녀 집안이잖아요. 내 피 속엔 해녀 디엔에이가 있는걸요."

"해녀 디엔에이 있으면 뭐 하냐, 지금 일 년 지났는데도 하군 해녀 중에서도 제일 똥군 해녀인걸."

해도가 소라 알맹이를 젓가락으로 꺼내며 웃었다. 말로는 수영을 비꼬았지만, 수영을 자랑스러워하는 품이 가득했다. 해리는 수영이 물질을 시작했다는 것을 모를 정도로 자신이 남동생 부부에게 무심했다는 생각이 들었다. 구정 명절을 두 번 건너뛰었으니 집에 온 지도 이 년이 더 넘은 셈이었다. 해리는 치매가 점점 심해지는 춘자가 요양원에 가기 전에도 명절 때 갖은 핑계를 대고 집에 내려오지 않았다.

해리의 핸드폰이 울렸다. 시지였다. 해리는 잠깐 전화를 받겠다며 마당에 나왔다. 벨이 여러 번 울렸지만 시지는 끊고 있지 않았다. 벨이 열 번 이상 울릴 때까지 전화를 끊지 않는 것은 좀처럼 시지에게 없는 일이었다.

"해리! 왜 말 안 했어? 박 교수가 교수직 제안한 사람이 너라며? 그래서 일부러 농성장에 나오지 않으려고 제주에 내려간 거였어?"

시지의 목소리에서 취기가 느껴졌다. 해리는 다짜고짜 자신을 나무라는 시지에게 화가 나기보다는 피곤이 밀려왔다. 아무리 아니라고 항변해도 시지가 믿지 않을 상황인 것이 답답했다. 그러다가도 마음 한구석이 찔렸다. 시지의 말이 꼭 틀린 말도 아니기 때문이었다. 해리는 만약 자신이 제주에 내려오지 않았더라도 학교 앞 농성장에 갔을지 자신할 수가 없었다.

"그렇게 소리 시르지 마. 안 믿겠지만 엄마 때문에 내려온 건 맞아."

"그래, 너를 위해서 딱 위독해지셨구먼. 내가 박 교수 때문에 해임됐는데 박 교수의 제안을 덥석 물어? 해리, 너, 에스키모들이 어떻게 늑대를 사냥하는지 알아? 얼음판에 구멍 뚫어서 피 묻은 칼 세워두기만 하면 돼. 늑대가 피 냄새 맡고 그 칼을 핥기 시작하면 차가운 칼날에 혀 감각은 없어지고 자기 혀가 베이는 줄도 몰라. 결국 늑대는 자신의 피를 핥으며 서서히 죽어가는 거야. 잘 기억해 두라고."

시지는 한바탕 말을 쏟아붓고 전화를 끊었다. 해리는 입 속에 비릿한 피가 고이는 것 같아 입 안에 고인 침을 뱉었다. 해리가 다시 자리에 돌아왔을 때 해도는 없고 수영만 남아 있었다.

"진예 아빠는 피곤하다며 먼저 방에 들어갔어요."

"올케도 피곤할 텐데 이건 내가 치울 테니까 들어가요."

"형님이 한잔 할 거 같아서 기다렸어요."

잠시 둘 사이의 침묵 사이로 맥주를 넘기는 소리와 갯바위를 때리는 파도 소리가 끼어들었다.

"경리 보는 게 더 낫지 않아요?"

해리가 말을 꺼냈다. 수영은 물질하기 전에 조그만 건설업체의 경리 일을 했다.

"돈 문제라면 물질해서 벌기도 하고 어촌계가 운영하는 식당에서 일도 하고 진예 아빠 일도 돕고 경리 볼 때만큼은 벌어요."

"그렇구나. 쉬고 싶을 때 쉬고 물질이 더 나을 수도 있겠네요."

"아유, 형님, 그건 아니에요. 이게 물질도 그렇지만 다른 일들도 공동 작업이 많아서 내 마음대로 쉬고 싶을 때 쉬는 건 아니에요. 그래도 사무실에 틀어박혀 있는 것보다는 물질이 나한테 맞고 마음 편해요."

수영은 해리에게 물질의 좋은 점만 얘기하고 있는 자신에게 의아한 생각이 들었다. 같이 물질을 하는 동네 삼춘들에게는 쉽게 할 수 있는 말을 해리에게는 하기가 힘들었다.

수영은 해리의 맨발을 보았다. 집에서도 꼭꼭 양말을 챙겨

신어 맨발을 보이지 않는 해리였다. 수영은 해리의 맨발을 보면서 예쁜 발이라고 생각했다. 그 예쁜 발을 보자 전복의 매끈한 살이 연상됐다.

수영은 물질하다가 죽을 뻔했던 적이 있었다. 어느 정도 물질에 자신감이 붙어서 다른 해녀 삼춘들만큼 잘 해내고 싶었다. 돌 위에 붙은 수초들이 물의 흐름에 따라 하늘하늘 흔들렸고, 그 사이를 어랭이들이 침입자에게 놀라 허겁지겁 도망갔다. 바다 밑에 붙어 있는 평평한 돌 위에 손바닥만큼 큰 전복이 붙어 있었다. 수영은 빗창으로 전복 밑을 떼려고 했지만 한 번에 떼어지지 않고 전복이 빗창을 먹어버린 것처럼 꼼짝도 하지 않았다.

'물 밖으로 나올 때까지의 숨도 생각해서 자기의 숨길을 가져야 한다. 욕심은 금물이다.'

그렇게 큰 전복을 따는 것이 처음이었기 때문에 동네 해녀 삼춘들이 누누이 했던 그 말이 생각나지 않았다. 수영은 머릿속에 진흙이 차는 것처럼 어지럽고 가슴에 누가 쑥뜸을 놓아 타는 것 같은 고통을 느낀 후에야 전복을 쑤시던 빗창을 놓았다. 본능적으로 코로 숨을 들이켰으면 하마터면 수장 아닌 수장을 당할 뻔했지만, 수영의 위험을 감지한 해녀 삼춘의 도움으로 간신히 물 밖으로 머리를 내밀 수 있었다. 수영은 목구멍

안까지 밀어닥쳤던 죽음의 기운을 힘차게 내뱉었다.

호이익.

해녀들이 왜 칠성판을 지고 물질을 한다고 했는지 알게 된 날이었다. 수영은 그때 본 하늘과 바다 물빛을 잊을 수 없었다. 뿌옇던 눈이 뜨이면서 구름이 낮게 깔린 하늘이 보였고 자기 몸을 부력으로 받치고 있는 바다 물빛이 보였다. 그 하늘과 바다는 수영이 예전에는 보지 못했던 풍경화처럼 눈에 각인되었다.

수영은 다시 물속으로 들어갔다. 좀 전에 본 바로 그곳이었지만 돌 위에는 빗창도 전복도 보이지 않았다. 수영은 마치 꿈을 꾼 것만 같았다.

어느새 수영은 해리에게 그 얘기를 하고 있었다.

"형님, 다 똑같지 뭐예요. 바다 일이나 세상일이나."

*

늦은 밤이었다. 꿈속에서 해리는 진창을 걷고 있었다. 단단한 바닥이 있을 것이라 믿고 디디는 곳마다 더 깊숙이 빠졌다. 꿈결에 해도가 자신을 부르는 소리를 듣자 해리는 잠이 깨어 오히려 다행이라는 생각이 들었다.

"누나, 지금 응급실로 가야겠어. 엄마가 돌아다니다 부딪 쳤는데 상처가 넓어서 꿰매야 할 정도라는데……."

해도가 뒷말을 얼버무렸다. 아침에 해리에게 전화로 따지 던 기세는 어디에도 없었다. 해리의 렌터카에 해도와 수영이 같이 탔다.

"요양사들은 뭐 하길래 어머니 혼자 돌아다니게 둔 거래?"

해리는 해도와 수영의 동요하지 않는 표정을 보자 이런 일 이 처음이 아니라는 걸 깨달았다. 해리는 그것을 깨닫자 입을 다물었다.

춘자는 해리 일행이 응급실에 도착했을 때 이미 찢어진 부 위를 꿰매고 그 자리에 탈지면을 붙이고 있었다. 꿰매기 위해 서 다친 쪽의 머리카락을 밀어버려 춘자의 몰골은 비쩍 마른 병든 닭처럼 보였다. 해리는 누구에게인지 확실치 않은 분노 때문에 몸을 떨었다.

"엄마 오늘 하루 여기 입원시키자. 여기서 영양제 링거도 한 대 맞고 내가 내일 요양원으로 모시고 갈게."

춘자와 해리는 병실을 배정받았다. 춘자는 잘못을 저지른 어린애처럼 잔뜩 겁먹은 얼굴로 잠이 들었다. 해리는 잠든 어머 니의 얼굴을 가만히 들여다보았다. 아기처럼 잘 자고 있었다.

해리는 어머니를 태워 요양원으로 향했다. 춘자는 해리가 부축하자 고분고분 잘 따라왔다. 어린이집에 적응하지 못한 아이가 엄마한테 떨어지지 않으려는 것처럼 해리 옆에 꼭 붙어 있었다. 해리는 어머니를 조수석에 태우고 안전띠를 맸다.

차가 요양원에 거의 도착할 때쯤 춘자가 갑자기 몸부림을 치기 시작했다. 안전띠를 풀지는 못하고 거기에서 벗어나려 몸을 이리저리 흔들었다. 잠겨 있는 차의 손잡이를 잡아당기기도 했다. 해리는 비상등을 켜고 차를 갓길에 세웠다.

"엄마, 나야, 엄마 큰딸. 해리!"

그러나 춘자는 알아들을 수 없는 소리를 내뱉으며 손으로 해리를 때리기 시작했다. 해리는 어머니가 때리는 것을 그대로 맞았다.

"엄마, 미안해. 엄마 속상하게 했던 거 다 맞을게. 엄마가 초등학교 졸업식에 왔을 때 엄마가 창피해서 짜장면 먹지 않겠다고 한 것도 미안하고 글 모른다고 엄마한테 거지 같은 엄마라고 했던 것도 미안해. 명절 때마다 핑계 만들어 내려오지 않은 것도 미안하니까 내가 엄마 마음 아프게 했던 거 다 기억해줘. 못난 딸 제발 기억해줘."

해리가 흐느껴 울자 춘자가 매질을 멈췄다. 해리는 어머니를 안았다. 춘자는 자기를 붙들고 울고 있는 여자가 누구인지,

여기가 어디인지, 왜 자기가 벨트에 묶여있는지 모르겠다는 표정이었다.

해리는 핸드폰을 열어 바다를 찍었던 동영상을 켰다. 볼륨을 최대로 높였다. 바다가 보이면서 파도가 바위를 때리며 갯바위 속으로 우르릉 쑤셔 들어갔다가 나오는 소리가 들리고 바람 소리와 해녀들의 숨비소리가 들렸다. 춘자가 핸드폰을 잡아 그것을 물끄러미 바라보았다.

호이익.

춘자가 숨비소리를 냈다. 윗니로 아랫입술을 감싸며 가슴을 들썩거렸다.

호이익.

*

해리, 해도 보아라.

오늘은 고마운 대학생 선생님들이 어촌계 회관에 와서 대신 편지 써주는 행사를 하고 있구나. 직접 하기 힘든 말을 편지로 써서 부쳐준다는구나. 나는 할 말이 별로 없는데 자꾸 하라고 해서 해 보마.

해리야, 해도야.

물질하러 갈 때 엄마는 갖춰야 할 것들이 많단다. 고무 옷을 입고 허리에 납덩이를 찰 때마다 난 그 무게가 내 근심거리라고 생각했단다. 연철은 칠 킬로그램이 넘지. 그 무게로 바다 깊은 곳까지 빠르게 자맥질하여 내려갈 수 있다. 무겁겠다고 걱정하지 말거라. 바다에서는 그 무게가 더 가벼워지고 뭍에서의 걱정덩어리도 바다에 민물 섞어지듯이 사라진단다. 바다는 남편 없다고 나를 무시하거나 배운 거 없다고 빈정거리지 않더구나. 최고의 상군인 나에게 바다는 자기의 살을 나누어 너희들을 잘 키우게 해줬다.

엄마의 물질이 힘들다고 동정하지 말거라. 엄마가 제일 잘할 수 있는 것을 원 없이 하고 있다. 지금 엄마 모습이 다른 사람들에게 초라하게 보일지 몰라도 엄마는 열심히 살았기 때문에 엄마가 초라하다고 생각하지 않는다. 나는 배운 게 없어서 유식한 소리는 할 수 없다. 그러나 하나만 기억하며 살아라. 내가 너희들 엄마여서 좋구나. 행복하구나.

*

집은 비어 있었다. 비어 있는 집에 파도 소리가 주인인 양 들어찼다. 해리는 서울로 갈 준비를 하고 양말을 찾아 춘자의 옷장을 열었다. 양말을 뒤적이다 서랍장 바닥에서 두 통의 편지봉투를 발견했다. 한 통에는 해리의 서울 주소가, 다른 것에는 제주 집의 주소가 적혀 있었다. 모르는 필체였다. 해리는 서울 주소로 되어 있는 봉투를 뜯었다. 내용은 A4 용지에 인쇄되어 있었다. 편지에 쓰여있는 것처럼 자원봉사 나온 대학생들이 해녀들의 말을 들으며 직접 타자한 것 같았다.

'엄마는 왜 이 편지를 부치지 않았을까.'

해리는 대학생들이 발송 작업까지 하려 했지만, 어머니가 마다했을 것이란 생각이 들었다. 해리는 흐르는 눈물을 닦으며 편지 속에서 치매가 찾아오기 전의 어머니 목소리를 들었다. 매사에 철저한 자신이 양말 챙기는 것을 잊어버린 것이 이 편지를 찾으라는 어머니의 간절한 기도였던 것만 같았다.

*

해리는 밭일을 나간 해도와 수영에게 엄마의 선물을 식탁 위에 올려놓았다고 문자를 남겼다. 그리고 나서 시지의 번호를 눌렀다.

"시지 씨, 나 오늘 올라갈 거야. 농성장으로 직접 갈게."

"해리야, 어제는 내가 좀 민감한 상태였어. 너에게 교수직

수락이 어떤 의미인지 누구보다도 내가 잘 알아. 여기 있는 사람들 모두 너를 이해하니까 여기 나오지 마.”

시지의 목소리와 함께 ‘서명을 부탁합니다.’, ‘꼭 한 번 읽어 봐 주세요.’라는 말들이 들렸다.

“농성장에 나갔다고 안 될 교수직이라면 이제 매력 없어졌어.”

“왜 마음을 바꿨어?”

“바다 일이나 세상일이나 다 똑같지 뭐.”

“무슨 말이야?”

“그런 게 있어.”

해리는 더 생각해보라는 시지의 안타까워하는 음성을 떨치기라도 하듯 크게 웃어 보이며 전화를 끊었다.

해리는 피켓을 들고 있는 동료들의 모습이 보이는 것 같았다. 해리는 물살을 헤치듯 천천히 그들 쪽으로 걸어가고 있었다.

마지막 춤은 나와 함께

마지막 춤은 나와 함께

나영은 비행기 창으로 아래를 내려다 보았다. 구름 밑으로 언뜻 제 모습을 수줍게 내보이는 바다가 있었다. 나영이 제주행을 택한 것은 한 장의 사진 때문이었다. 깊은 쪽빛 바다와 모래 해변이 있는 사진이었다. 해변과 만나는 파도는 하얗게 부서지고 있었고 바다 위에는 작은 섬이 하나 보였다. 나영은 유미의 컴퓨터 책상 앞에 붙여져 있는 그 사진을 보며 어디냐고 물었고 유미는 작년에 다녀온 제주 협재 바닷가라고 말하면서 활짝 웃었다.

고소 건 이후로 유미를 비롯한 회사 직원 모두 이제는 나영에게 웃음을 보여주지 않았다. 믿었던 사람들이 모두 썰물처럼 먼바다로 사라져갈 때, 사라져가면서 나영이 내민 손을 후

려칠 때 나영은 협재 바닷가를 떠올렸고 그것을 떠올리면 바스러지는 마음 안에 밀물이 다시 드는 것 같았다. 밀물은 나영의 몸을 띄워 나영이 힘겹게 견디고 있는 모든 것을 견딜 만한 것으로 만들어 줬다. 나영은 생각할 시간을 가져보라는 회사 측에 의해 떠밀리듯이 오 일간의 휴가를 받았고 그 바닷가를 찾기 위해서 제주행을 망설이지 않았다.

"나영 씨, 나 오늘 시간 없어서 수염 깎지 않았는데 만져봐. 까칠하지?"

손 과장이 나영의 손을 잡아 아무렇지 않은 척 자신의 턱으로 가져갔다. 나영은 털 달린 지렁이라도 만지는 기분이었다. 나영에게는 몸에 소름이 돋을 정도로 혐오스러운 장면이었지만 사무실에 있었던 그 누구도 기억하지 못했다. 직원들은 설령 그런 일이 있었다 치더라도 그때 왜 싫다고 하지 않았냐고 반문하기도 했다. 나영은 그런 말들 앞에서 자기 앞의 두꺼운 벽을 손으로 치는 것 같았다. 그때 나영이 소리를 지르거나 싫다고 한다면 조용한 도서관에서 혼자 비명을 지르는 것과 비슷해 보였다는 말을 할 수가 없었다. 손 과장은 나영의 진술서에 나와 있는 그 내용에 대해서는 사심 없는 행동이었다고 항변했다. 사심 없이 가슴을 슬쩍 만지고 뒤에서 사심 없이 껴안고 사심 없이 귓갓길에 쫓아다녔냐고 나영이 소리 지르자 손 과장은 그런 적 없다고 잡아뗐다.

나영은 자신도 모르게 깊은숨을 쉬었다. 펜션 이정표가 서 있는 곳에서 아래쪽으로 바다가 보였다. 나영이 바다를 바라보면서 자신도 모르게 짧은 탄성을 흘렸다. 수평선 쪽으로 붉은 노을이 걸쳐져 있었다.

'그곳에 왔어.'

나영은 아담한 펜션 주위를 둘러보았다. 인터넷에서 검색했을 때 혼자서도 여유롭게 휴가를 즐길 수 있는 펜션이라는 문구에 끌려 예약한 곳이었다. 펜션 부지에는 본채인 이 층 건물을 중심으로 이동식 방갈로가 띄엄띄엄 늘어서 있었다. 방갈로는 원룸에 샤워실과 취사실, 침대가 갖춰져 있었다. 선반에는 허브 화분과 책 세 권이 놓여 있었다. 한 가족이 생활하기에 넓지도 않았지만 그리 좁지도 않았다. 나영은 인터넷에서 본 방갈로 내부 모습과 하나도 다르지 않아서 놀랐다. 허브 화분과 책들은 사진을 찍기 위한 설정인 줄 알았는데 실제로 거기에 있었다.

나영에게 필요한 것은 들끓는 머릿속을 진정시켜줄 고립된 공간이었다. 바다는 트인 공간이지만 혼자 바라보는 바다는 나영에겐 고립된 공간이라고 느껴졌다. 나영은 꿈에 그리던 바닷가를 흠뻑 자기 자신 안에 흡입하고 싶었다.

나영은 옷을 갈아입고 나와 방갈로 문을 잠갔다. 방갈로 주위로 돌담이 둘러있고 돌담 바깥에는 단층 양옥집이 있었다. 펜션과 양옥집을 나누는 돌담은 구멍이 숭숭 뚫린 채 아귀를 맞췄다. 시멘트벽만 보던 나영은 돌담 가까이 다가갔다. 뚫린 구멍 속으로 후하고 바람을 불어 보았다. 나영의 입바람이 돌담 너머로 건너갔다. 나영은 낮은 돌담 안쪽에 있는 접시꽃들을 보았다. 접시꽃들 사이로 양옥집의 마당이 보였다. 마당 구석에 위로 차광막이 쳐있는 수돗가가 보였고 거기에서 아주머니 두 분이 뭔가를 까고 있었다.

나영이 바다를 보고 와서 펜션으로 갈 때도 아주머니들은 성게를 까던 자세 그대로였다. 나영은 그중 한 아주머니와 눈이 마주치자 어색하나마 머리를 까닥하며 인사를 했다.

"아가씨, 여기 와서 이거 하나 맛봐."

눈 마주친 아주머니가 나영을 불렀다. 그녀는 나영에게 방석 의자까지 하나 내준 다음 금방 깐 노란색 성게 알을 나영에게 내밀었다. 나영은 조금 망설이다 그것을 받아먹었다. 처음에는 짭조름한 맛이었다가 입 안에서 터지면서 달짝지근한 맛이 났다.

"펜션에 머물지? 난 이 동네 잠수회장이고 여긴 펜션 사장 어머니야. 성게 처음 먹어봐? 어디에서 왔어?"

잠수회장이 열심히 손을 놀리며 나영에게 물었다.

"서울에서 왔어요. 성게는 처음 먹어봐요."

"서울, 아이고 참, 영자야, 그렇게 힘으로만 하는 거 아니라니까. 먼저 이렇게 눌러서 옆으로 벌려."

잠수 회장이 영자가 하는 모양이 답답하여 시범을 보였다. 까맣고 굵은 가시로 무장한 성게에 조그만 기계가 들어가자 쉽게 속을 내보였다.

"이 아가씨는 성게 먹는 게 처음이고 찬호 어멍은 성게 까는 게 처음이니 출세들 했네, 출세들 했어."

잠수 회장이 호탕하게 웃으며 재빠르게 다시 성게를 까기 시작했다. 잠수 회장은 성게 까기의 순서와 수고로움을 설명하며 잘 듣는 학생에게 착한 표를 주듯이 나영에게 다시 성게 알을 먹어보라며 내밀었다. 잠수 회장 옆에는 성게가 한 무더기 있지만, 영자의 성게는 한 대야 정도밖에 되지 않았다. 나영이 보기에 성게를 까서 속을 내고 그것을 물에 가볍게 씻으며 내장을 제거한 후 그릇에 옮겨 담는 작업은 느리고 지루하게 보였다.

"찬호 어멍이 쭉 물질했으면 나하고는 비교가 안 될 만큼 성게를 많이 잡았을걸. 찬호 어멍이 육지 물질도 다니는 상군 해녀였거든. 그런데 육지 물질 같이 간 여동생이 죽은 걸 눈앞에서 직접 본 다음부터는 삼십 년 동안 물질을 안 한 거라. 그러다가 오늘 처음 삼십 년 만에 성게 잡는 물질을 다시 했으니까 오늘이 다시 출세한 날이주."

영자는 자신의 과거를 낯선 손님에게 주저리주저리 얘기하는 잠수 회장에게 그만 말하라는 눈치를 줬다. 말 상대만 있으면 지칠 줄 모르고 말이 많아지는 잠수 회장은 영자의 눈치를 알아채지 못하고 이번에 공무원 시험에 합격한 자기 아들 자랑으로 넘어가고 있었다.

나영은 조용하게 앉아 성게를 까는 영자가 속사포처럼 쏟아지는 잠수 회장의 말을 커피숍에서 틀어주는 배경음악처럼 만들어버리고 자기만의 생각에 빠져드는 것을 보았다.

*

배는 해녀들을 소라가 많이 나는 구역에 내려줬다. 선장은 어제 친구와 과음을 했다면서 정신을 차리지 못하고 있었다.

"아저씨, 술 냄새 아직도 납니다. 뱃길은 찾아질 겁니까?"

"뱃길은 우리 각시 구멍처럼 훤허다. 걱정하지 말라."

아침부터 포구에서 진한 농담을 걸쭉하게 던진 선장은 평소 닮지 않게 멀미를 하면서 힘들어했다.

배는 해녀를 내려준 곳에 한참을 머물다 포구로 향했다. 선장은 멀미가 가라앉지 않자 배를 세워 두고 잠시 쉬었던 모양이었다.

영자가 숨비소리를 뱉으러 물 밖으로 머리를 내밀었을 때 배는 한 점이 되어 있었다. 이제 그 배는 다섯 시간 뒤에 해녀들을 데리러 올 것이다.

어젯밤에 영자와 여동생 미자는 밤늦게까지 두런두런 얘기를 나눴다. 이제 추석이 며칠 남지 않았고 내일이 마지막 육지 물질이었다. 차곡차곡 모아둔 돈과 선물들을 생각하니 잠이 들지 않았다.

"언니, 언니는 이번에 제주에 내려가면 제일 먼저 뭐하고 싶어?"

"나? 어머니한테 빙떡 만들어 달라고 부탁할 거야. 어머니가 만든 빙떡이 제일 먹고 싶다. 넌?"

"나는 연애를 할 거야. 석민 씨하고 영화관에도 가고 레스토랑도 가고 그때 입으려고 옷도 다 샀잖아."

바람이 센 날은 육지 물질 온 해녀들이 쉬는 날이었다. 그날 영자와 미자는 모처럼 시내로 나가서 쇼핑했다. 몸매가 유난히 날렵한 미자는 무엇을 입어도 어울렸다. 그때 산 땡땡이 원피스를 입고 미자가 석민이와 데이트를 한다는 소리였다. 석민이와 미자는 서로 혼담이 오간 지 오래였다. 그러나 피차 석민이네 집도 형이 아직 결혼하지 않았고 미자네도 언니인 영자가 아직 결혼하지 않아서 서두르지 않고 있었다.

"아이구, 미안허다. 내가 똥차가 돼서 너희들 결혼 빨리 못 하고 말이다."

"아니야, 언니. 석민 씨하고 난 이대로도 좋아. 아이, 어서 제주에 돌아가고 싶다."

"언제나 끝날 무렵이 들뜨기 쉬운 법이야. 마지막까지 긴장하자."

"아이, 언니, 그건 언니보다 내가 더 잘 알거든요."

영자는 미자의 그 말을 믿었다. 나이로는 영자가 두 살 위였지만 미자는 물질에 있어서는 상군 해녀인 영자를 훨씬 더 앞섰다. 상군 해녀 위에 더 높은 등급의 해녀를 일컫는 말이 없어서 모두 상군 해녀였지만 영자는 자신보다 물질이 뛰어난 미자를 자기와 동급의 해녀라 생각한 적이 없었다. 영자는 자신이 괜한 말을 한 것 같아 입을 다물고 말았다.

영자는 오늘이 육지에서의 마지막 물질이라고 생각하니 시원섭섭했다. 바다는 영자에게 많은 걸 베풀어 주었다. 친구들이 서울로 돈을 벌러 갈 때 영자는 집에 머물렀다. 어머니 건강이 좋지 않아 자신이 장녀로서 집안에 남아있어야 했다. 서울에서 공장을 다니던 친구들 중에는 건강을 해쳐 도로 제주에 내려온 축도 있었고 술집에 들어간 축도 있었다. 집안이 받쳐줘 대학을 나와 전문직으로 멋지게 사는 친구들도 물론 있었지만, 영자는 그런 친구들과 자신을 별개로 쳤다. 물질로 집안에 경제적인 받침이 되자 자신과 비슷한 처지의 친구들이 서울로 가고 나서도 고만고만하게 사는 것을 보고 자신의 결정을 믿었다.

여동생 미자는 미모는 뛰어났지만, 공부를 썩 잘하지 못했다. 공부를 잘하더라도 집에서 미자를 대학까지 보내줄 형편이 되지 않았다. 미용기술을 배우겠다며 서울에 갔던 미자는 일 년 만에 제주로 내려왔다. 왜 내려왔는지는 가족은 물론, 영자에게도 자세히 얘기해주지 않았다. 다만 서울이 싫다고만 했다. 미자는 자연스럽게 영자와 물질을 시작하게 됐는데 미자는 조금 지나자 영자의 물질을 앞섰던 것이다.

선장 아저씨가 해녀들을 내려준 곳으로 왔고 뱃고동을 울렸다. 해녀들이 하나, 둘 물 밖으로 나와 배에 올라타기 시작했다. 영자도 물 밖으로 나와 배에 올라탔다.

"영자야, 미자가 안 보인다."

아침에 배에 탔던 해녀들 중에 미자만 보이지 않았다.

"아저씨, 한 번만 더 뱃고동 울려줍써."

영자의 목소리가 불안감에 떨려 나왔다. 선장이 뱃고동을 다시 울렸다.

"걱정이다. 내가 제일 먼저 배에 올라탔는데 그때부터 벌써 몇 분이나 지나신디."

처음에 물 밖으로 나온 해녀가 말했다. 아무리 상군 해녀라 해도 숨을 참을 수 있는 것은 사 분이었다. 그 시간을 넘어도 보이지 않는다는 것은 사고를 의미했다.

"언니들, 동생들아, 우리 미자 좀 같이 찾아봐 줍써. 부탁햄수다."

어젯밤 집에 갈 꿈에 부풀어있던 동생이었다. 그런 동생이 저 시퍼런 바다 밑에서 나오지 못하고 있다고 생각하기가 싫었지만, 현실을 외면해서는 안 됐다.

해녀들이 바닷속으로 다시 들어갔다. 장시간의 물질로 온몸이 파김치가 됐을 테지만 누구에게나 닥칠 수 있는 사고였기에 해녀들은 남의 일 같지가 않았다. 시신이라도 건져 가야 했다. 그렇지 않으면 혼이 육지로 돌아오지 못하고 넓은 바다를 헤매게 된다. 물질로 생활을 이어가고 있지만 수장되는 것은 어떤 해녀라도 원하지 않는 일이었다.

해녀들이 뿔뿔이 흩어져 미자를 찾았다. 정확하게는 미자의 시신이었다. 지금 시간까지 떠오르지 않는다면 시신밖에 찾을 수 없는 시간이 흘렀다. 바다는 넓었고 해녀들이 작업하던 반경 또한 넓었다. 해녀들의 숨비소리는 계속 들렸지만 아무도 미자를 찾지 못했다.

영자는 미친 듯이 바다 밑을 뒤져 나갔다. 미자와 가까운 데서 작업하고 있었으면 동생이 어디서 작업했는지 알 수 있었을까. 괜히 미자가 자기를 의식해서 불편할까 봐 영자는 되도록 미자와 떨어져 작업하곤 했던 것이 후회됐다. 바다에는 노을이 지기 시작했다. 이제 해가 떨어지고 더 어두워지면 미자를 찾는 일을 포기하고 돌아가야만 했다.

"제발 미자를 찾게 해 줍써."

영자는 심장을 짜내 애타게 모든 신을 찾았다. 영자는 숨을 뱉으러 물 밖으로 나왔다가 모든 사람이 배가 해녀들을 내려줬던 곳에서 먼 쪽으로만 찾고 있던 것을 알아챘다. 영자는 미역양식장 쪽으로 헤엄쳐 갔다. 아까 선장이 배를 몰고 가던 길이었다. 평소에는 미역양식장을 피해서 다른 뱃길을 갔지만, 오늘 술기운 탓인지 선장은 그쪽으로 배를 몰아갔다. 미자가 미역양식장 쪽을 넘어갔다면 그쪽에 있을 가능성도 있었다.

영자는 미역양식장 밧줄에 걸려있는 미자를 봤다. 미자는 밧줄을 풀려고 하다가 숨이 멈춘 것 같았다. 미자는 허리에 맨 납에 밧줄이 걸려 풀 수가 없던 것이었다. 미자의 손이 한쪽은 물 밖을 원하는 것처럼 위쪽으로 치켜져 있었다. 그건 마치 영자에게 자기를 풀어달라고 손을 내미는 것처럼 보였다. 영자는 그 모습을 보아도 아무것도 할 수가 없었다. 영자는 미자의 손을 잡을 수가 없었다. 정신을 놓을 뻔한 영자는 간신히 물 밖으로 나왔다. 소리를 지르며 손을 미친 듯이 흔들었다. 선장이 배를 몰아 영자 쪽으로 왔고 다른 해녀들도 영자를 향해 헤엄쳐 왔다. 물 밖에서 와들와들 떨고 있는 영자를 대신해 세화 삼춘이 물속으로 들어갔다. 세화 삼춘은 잠시 후 물 밖으로 다시 나와 선장에게 칼을 달라고 했다. 선장에게서 칼을 받은 세화 삼춘은 다시 물속으로 들어갔다.

세화 삼춘이 미자의 시신을 허리에 끼고 물 밖으로 나왔다. 미자의 납에 엉킨 밧줄은 한 자쯤에서 칼로 잘려있었다.

영자는 그 후 물질을 할 수 없었다. 바다가 무서웠다. 물속에만 들어가면 자신을 꺼내 달라는 미자의 손이 불쑥 튀어나오는 것 같았다. 그러면 숨이 가빠왔고 물에 들어가자마자 물 밖으로 나와 숨을 쉬어야 했다. 그러는 걸 알고 식구들도 물질을 말렸다. 그렇게 물질과 멀어졌고 삼십 년 동안 바다로는 고개도 돌리지 않았다.

*

 가로등이 켜졌다. 저녁과 밤이 합쳐지는 시간이어서 나영의 그림자는 희미했다. 바다 쪽에서 시원한 바람이 불었다. 바람도 몸의 방향을 바꾸는 시간이었다. 나영은 계단을 하나씩 내려갔다. 하나, 둘, 하고 숫자를 셌다. 대여섯 개의 계단을 이미 내려왔지만, 그것을 세지 않았다고 해서 나영에게 불이익이 될 일은 없었다. 나영은 '불이익'이란 단어를 생각하자 그 말이 어떤 형체를 띠고 나영을 압박하는 것 같았다.

 "나영 씨가 계속 그렇게 고압적인 자세로 나오면 누가 제일 불이익을 당할 건지 생각해본 적 있나?"

 심 본부장은 나영이 제일 불이익을 당할 것이라는 암시를 하며 나영을 몰아붙였다. 나영의 입지를 걱정하는 말이 아니라 고소를 취하하라는 말이었다. 일 처리가 깔끔하다고 나영에게 칭찬을 아끼지 않던 심 본부장이었다. 남자 직원과 여자 직원이라는 구분을 두지 않고 심 본부장은 실적과 능력으로 사원을 평가했기에 나영은 그를 마음 깊이 존경하고 있었다. 그러나 고소 건이 터지자 심 본부장은 그냥 애교로 넘어갈 수 있는 일을 부풀려서 회사 이미지에 먹칠한다고 말했다.

같은 입사 동기이자 친구라고 생각했던 유미도 나영의 편에 서지 않고 회사 편에 서서 나영을 공격했다. 같은 과 직원들은 유미가 팀장으로 내정되었다는 얘기들을 나영 앞에서 속삭였다. 속삭이면서도 나영의 귀에 유미 이름이 박히는 것은 신경 쓰지 않았다. 그런 속삭임에는 나영 스스로 팀장의 자리를 팽개쳐 버렸다는 조소가 담겨 있었다. 나영이 손 과장을 고소하지 않았다면 고과점수가 높은 나영이 팀장이 됐을 것이다.

같은 입사 동기라서 나영은 유미를 사회에서 사귄 친구로 생각하고 각별하게 지내려 애썼다. 유미 어머니가 갑자기 아파서 큰돈이 필요했을 때 선뜻 돈을 빌려준 것도 친구라는 감정이 앞섰기 때문이었다. 나영은 빌려주면서 천천히 갚아도 되는 돈이라고 말하기까지 했지만 고소 건이 터진 후에 나영의 통장에는 나영이 유미에게 빌려줬던 액수와 이자까지 합친 금액이 찍혀 있었다. 나영은 자신이 손 과장을 고소함으로써 잃어버린 것들의 무게에 짓눌렸다.

'그만한 가치가 있는 것일까, 그냥 조용히 덮었으면 그것들을 지킬 수 있었을까.'

나영은 회사 내 산악동호회 회원이었다. 나영은 대학 때부터 산악 동아리에 있었기 때문에 손 과장이 동호회 가입을 권유했을 때 흔쾌히 산악회에 들어갔다. 그러나 손 과장이 드러나지 않게 나영의 몸을 더듬었을 때부터 동호회 가입을 후회하게 되었다. 다른 사원들은 손 과장의 음흉한 손놀림을 알아채지 못했다. 손 과장은 사람 좋고 친절하기로 소문난 상사였고 더구나 사장의 처남이기도 했다. 손 과장은 부하직원들을 살뜰히 잘 챙겼다. 그럴 필요가 없었는데도 오 대리의 아버지 상이 났을 때는 이틀이나 장례식장을 지켰다. 같은 과 직원들의 생일을 다 알고 있었고 생일선물까지 챙겼다. 선물은 비싸지 않았지만 받는 사람의 취향과 딱 맞는 것이었다. 나영은 입사해서 처음 자신의 생일에 손 과장이 책을 선물해줬을 때 감동까지 한 터였다. 손 과장은 누구에게나 친절했기 때문에 나영을 향한 음흉한 친절은 같은 부서의 직원을 살뜰히 챙겨주는 것으로 보였을 뿐이었다. 나영도 처음에는 손 과장의 접촉이 그런 것이라 여겼지만 손 과장의 은밀한 성추행이 계속되자 참을 수가 없었다. 그러나 손 과장의 뜨끈한 손의 접촉에 나영은 소름이 돋는다는 것을 아무도 이해하지 못했고 이해하려 하지도 않았다.

회사 산악회에서 달마산의 봉우리를 타고 넘을 때였다. 안개가 자욱하게 꼈고 안개에 젖은 바위들은 미끄러웠다. 먼저 바위를 올라간 손 과장은 다른 사원들의 손을 잡아 위로 끌어올렸다. 나영은 혼자 올라갈 수 있었지만 손 과장에게 손을 맡겼고 바위 중간쯤의 홈에 오른발을 지탱하고 위로 올라갔다. 손 과장이 어쿠, 조심하라고 말하면서 나영의 허리에 손을 갖다 댔고 그 손은 나영의 가슴을 한 번 쓰다듬고 제자리로 돌아갔다. 아무도 의심할 수 없는 상황이었지만 나영은 수치심을 느꼈다. 나영의 진술서에서 그 내용을 보았을 때 손 과장은 나영이 휘청거리며 중심을 잡지 못하자 엉겁결에 허리를 붙잡았다며 억울하다고 말했다.

"그 상황에서 허리는 안 된다, 엉덩이도 안 된다, 판단하고 제삼의 방법으로 머리끄덩이를 잡고 끌어올릴 수는 없지 않습니까?"

손 과장의 말에 고소 건으로 모여 있던 회사 관계자들이 웃었다. 나영은 자신이 대학 산악부에서 활동하던 이력을 들이대면서 도움이 필요한 상황이 아니었다고 말했지만 대세는 이미 손 과장에게 넘어가 있었다. 나영이 사소한 일을 갖고 민감하게 군다는 시선들이 굳어졌다.

나영은 바람이 드나드는 가슴을 손으로 꾹 눌렀다. 나영은 어지러운 머릿속의 생각들을 모래 속에 묻어버리고 싶었다. 계단을 다 내려오자 발에 밟히는 모래 속에 샌들이 묻혔다. 나영은 샌들을 벗고 맨발에 닿는 모래의 감촉을 느꼈다. 까끌까끌하면서도 부드러운 입자들이 발가락 사이로 빠져나갔다. 나영은 해변 가장자리까지 걸어갔다. 밀려갔다 밀려오는 파도가 모래사장을 적시고 있었다. 나영은 바닷물에 발을 담갔다. 시원한 기운이 몸으로 뻗쳐오고 나영의 마음에 푸른 물이 드는 것 같았다. 펑. 가까운 곳에서 꼬마들이 폭죽을 터트렸다. 불꽃이 포물선을 그리며 날아오르다 활짝 편 우산살처럼 피어올랐다. 어둠에 묻혀가는 바다는 그것까지 모두 품에 안으며 몸풀기를 하고 있었다.

나영은 눈을 떴을 때 잠시 여기가 어딜까 생각했다. 작은 창문 무늬의 하늘색 커튼과 선반 위의 아기자기한 허브 화분들, 화분들 옆에 놓인 책들. 나영은 방갈로에서 눈을 뜨고 지난밤에는 꿈도 없이 잘 잤다고 느꼈다. 오랜만이었다. 제주의 공기에는 사람을 편안하게 하는 입자가 따로 있는 것 같았다. 아니면 몇 주 동안 칼끝처럼 날 선 신경들이 지쳤는지도 모른다.

나영은 익숙한 곳을 떠나오고 싶었다. 다른 회사에서 받아주겠냐며 고소 취하하고 회사에 꼭 붙어 있으라는 오빠, 큰 회사를 상대로 고소하는 여자를 누가 신부로 데려가겠냐며 화를 내던 아버지, 사회 물정 모르고 고소부터 하는 게 어릴 때 너무 오냐오냐 키운 탓이라며 자책하던 어머니. 나영은 가족들이 자신을 감싸기보다는 자신의 행동을 나무라고 질책하는 목소리에 점점 더 벼랑으로 몰리는 것 같았다. 나영은 가족이라는 것이 이질감을 보이는 구성원을 쉽게 내칠 수도 있는 이기적인 집단이라며 절망도 했지만, 제주라는 먼 공간에서 바라보는 가족은 또 다른 색채를 띠고 다가왔다. 가족들 본심은 나영 자신을 걱정한 게 아닐까, 너무 가까운 관계라서 표현에 당의정을 입히지 못한 게 아닐까, 고소하기 전에 나영이 가족들과 한마디 상의도 하지 않아 섭섭함을 표현한 게 아닐까. 나영은 핸드폰을 열었다가 다시 닫았다. 집에 전화하기에는 너무 이른 시간이었다.

나영은 이메일을 확인했다. 회사에서는 같은 제목의 이메일을 다시 보냈다. 열어보지 않아도 알 만한 내용이었다. 지금이라도 고소를 취하하면 회사에서는 위로금을 줄 것이며 다른 과로 전직시켜준다는 내용이었다. 나영이 바라는 것은 손 과장의 퇴출이었다. 고소 관계로 얽혀 있었고 자신에게 피해를 준 사람과 한 회사에서 근무하도록 하는 것은 나영에게 회사에서 나가라는 소리나 다름없었다.

나영은 자기 일을 좋아했고 회사는 자신이 오 년 동안 터를 닦아놓은 곳이었다. 나영은 광고용 물품의 내용과 디자인을 결정하고 그 물품을 만들어줄 공장을 연결하는 일을 하고 있었다. 교우문고 30주년 기념행사에서는 좋은 글귀를 적은 스마트폰 거치대를 기획해서 책을 읽지 않는 십 대, 이십 대 젊은 층의 관심을 끌어냈다.

손 과장의 행태를 알게 되면 회사는 손 과장을 자르고 나영은 모범사원상도 받은 우수한 재원이기에 회사에 계속 다닐 수 있으리라 생각했다. 그러나 손 과장이 사장의 처남이라는 사실을 염두에 두지 않았던 나영은 자신이 얼마나 순진했는지 깨닫게 되었다. 손 과장은 가만히 둔 채 자신에게만 결정하라고 등을 떠미는 회사에 나영은 깊은 실망감을 느꼈다. 그 순간은 자신이 한낱 회사의 소모품이었다는 생각이 들었다. 회사가 나영에게 결정하라고 준 시한은 오 일이었다. 나영은 그 전에 결정해야만 했다. 고소를 취하하지 않으면 회사에 다니더라도 나영은 모든 일에서 배제당할 게 뻔했다. 회사는 차마 나영의 책상을 치우지는 않았지만 벌써 프로젝트에서 나영을 제외하고 있었다. 고소를 취하하지 않으면 회사는 어떻게든 나영이 제 발로 회사를 나가게 할 것이다. 나영은 회사에서 투명인간이 된 자신의 모습을 상상했다. 자신만 빼고 회의를 진행

하는 팀원들, 점심시간에 사무실에 혼자 남은 나영, 팀원이 모두 웃을 때 웃을 수 없는 나영. 어이, 무서워, 얼음공주, 악의적인 눈길로 나영을 훑어보는 손 과장.

　바깥에 나오면 바다와 떨어져 있지만 파도 소리가 들렸다. 그것은 쌀 씻는 소리 같기도 했고 나무를 통과해서 불어오는 바람 소리처럼도 들렸다. 나영이 서울에서 들었던 소리는 차량의 소음과 사람들이 북적이는 소리였다. 나영은 펜션을 나와 동네를 돌아보다가 포구까지 왔고 등대 오른쪽 바다에서 물질하는 해녀들을 만났다. 해녀들은 갯바위가 있는 얕은 바다에서 작업했다. 주황색 테왁들이 듬성듬성 물 위에 떠 있었다. 나영은 어제 성게를 까고 있던 아주머니들도 저 바다에서 작업하고 있는 것만 같았다. 나영은 삼십 년 만에 바다에 다시 나갔다는 해녀의 모습을 찾고 싶었다. 그러나 물속의 해녀들은 모두가 비슷해 보였다. 여동생이 죽어있는 것을 본 것은 큰 트라우마였을 것이다. 두려웠던 바다에 다시 들어갈 때 어떤 기분이었을까.

　모두 고소를 취하하라라며 자신을 압박하는데, 이 숨 막히는 고통에서 도망치고 싶은데 나영의 뒤에는 낭떠러지만 있는 것 같았다. 나영은 해녀들이 작업하는 것을 한참 보다가 다시 발

걸음을 돌렸다.

나영이 방갈로에 머물다 밖으로 나왔을 때 영자는 혼자 성
게를 까고 있었다.

"많이 잡으셨어요?"

나영이 영자 앞에 앉으며 말했다. 영자는 수심이 가득한 나
영의 얼굴을 쳐다보았다. 죽었을 때 미자 또래의 아가씨가 세
상의 짐을 혼자 다 짊어진 것처럼 얼굴이 어두워 보였다. 영자
는 좀 전에 물질할 때 나영이 포구에 오랫동안 서서 해녀들을
쳐다본 것을 알고 있었다. 그 시선이 집요하게 자신을 찾고 있
던 것만 같았다.

"아까 포구에 왔다 갔지?"

"네. 아주머니한테 물어보고 싶은 게 있어요. 어떻게 다시
바다에 들어갈 용기를 얻으신 거예요?"

영자는 성게 까는 도구를 내려놓았다.

"펜션에 묵던 어떤 여자가 밤에 술 마시고 허적허적 바다
에 나가는 걸 봤어. 큰일 나겠다 싶어 따라갔다가 여자 구하려
고 물에 뛰어들게 된 거지. 별거 아니었어."

173

*

영자는 물속으로 뛰어들었다. 여자를 구해야만 했다. 터질 것처럼 두방망이질 치던 심장 소리가 뚝 그치고 예전의 상군 해녀였던 몸은 재빨리 물살을 가르며 여자 쪽으로 나아갔다.

영자는 그 후에 혼자 바다를 찾았다. 영자의 손에는 물안경이 들려 있었다. 여자를 구하기 위해서 바다로 뛰어들었을 때 영자는 무의식적으로 행동했지만 급박한 상황이 아니어도 바다에 뛰어들 수 있을지 자신할 수가 없었다. 영자는 갯바위에 섰다. 파도가 밀려왔다가 다시 한없이 밀려 나갔다. 영자는 천천히 바닷속으로 몸을 담갔다. 물안경을 통해서 바다 안의 세계가 펼쳐졌다. 바위와 바위 사이에서 미자의 손이 계속 나왔다. 전처럼 누가 자신의 심장을 꽉 쥐는 것 같은 고통은 느껴지지 않았다. 괜찮았다. 영자는 미자의 손을 하나하나 다 맞잡고 어루만졌다. 이제 괜찮다고, 그때 언니가 옆에 있어 주지 못해서 미안하다고, 마지막 손을 잡지 않고 도망쳐서 미안하다고 영자는 미자의 손을 어루만졌다. 미자의 손은 다시 바위 위의 해초로, 갯바위 틈의 지나가는 게로 돌아갔다. 영자는 물밖으로 나와 물안경을 벗고 눈물을 닦았다.

'그 말을 하는 데 참 오랜 세월이 흘렀구나.'

등나무 아래에는 나무 탁자를 중심으로 벤치가 사방으로 놓여 있었다. 등나무 뒤의 돌담 너머로 파도 이랑을 켜는 바다가 보였다. 나영은 벤치에 앉아 영자 아주머니가 한 말을 곱씹고 있었다.

손 과장은 처음에는 자상한 직장 상사로서 다가왔다. 나영에게만 그런 것도 아니었고 손 과장은 아래 직원들을 잘 챙겨준다는 평가를 받고 있었다. 열정적인 사람이었고 그런 만큼 표현하는 데 동작이 컸으며 스킨십을 자주 했다. 사무실에서 업무를 보다가도 몸을 풀자며 인터넷에서 배운 동작을 다 같이 하자고 독려하기도 했다. 사무실 책상을 손으로 짚은 후 엉덩이를 뒤로 빼는 동작이 몸의 자세를 좋아지게 한다며 한 시간에 한 번씩 사무실 직원 모두에게 시키기도 했다. 엉덩이를 뒤로 빼는 자세는 우스워 보였고 손 과장이 제일 적극적으로 자세를 만들었기 때문에 사무실 안엔 웃음이 떠나지 않았다. 그래서 나영이 손 과장을 성추행으로 고소했을 때 손 과장의 평소 행동을 아는 직원들은 그건 모두 나영 씨의 오해라고 고개를 저었다. 나영은 자신이 성 수치심을 느꼈고 그것을 손 과장에게 직접적으로, 그것도 여러 번 얘기했지만 이 년 동안 그런 행동을 멈추지 않았다고 얘기했다. 그러나 돌아오는 건 직원들의 싸늘한 비웃음이었다. 그런 분위기를 잘 아는 손 과장은 여직원 옆을 지나갈 때는 로봇처럼 손을 옆에 딱 붙이고 가라고 농담하며 다녔다. 농담뿐이 아니라 실제로도 여직원이 옆에 있거나 지나갈 때면 석고상처럼 굳어있는 자세를 유지하여 직원들의 동정심을 얻었다. 나영은 손 과장의 비린 웃음이 떠오르자 몸을 부르르 떨며 자신의 몸을 양팔로 감쌌다.

"얼굴이 창백하네. 괜찮아?"

마당으로 들어서던 영자가 등나무 벤치에 앉아 있는 나영을 걱정스럽다는 듯 쳐다보았다.

"무서운 생각을 해서요. 생각만 해도 몸이 떨려서."

영자가 나영 앞에 앉았다. 나영은 잠시 말이 없다가 영자에게 회사에서 있었던 일을 모두 얘기했다. 관계가 없는 타인에게 자기의 일을 얘기하는 건 처음이었다. 어쩌면 영자가 회사 사람이 아니고 가족도 아니기 때문에 더 객관적으로 바라볼 수 있겠다는 생각을 하기도 했다.

"힘들었겠네. 정말 힘들었겠어. 그러니까 어떻게 할 건지 생각하려고 여기 왔다는 거네. 난 가방끈이 짧아놔서 뭐라 해줄 말이 없긴 한데 회사 상사를 고소하겠다는 배짱이 나영 씨에게 있는 걸로 봐서 어떤 결정을 하든 잘 해낼 거 같아. 다른 사람들은 그러기 힘들어. 나영 씨는 강한 사람이야. 별 도움 안 되는 얘기지?"

"아니에요. 내가 강하다는 생각해본 적 없어서."

나영은 어깨를 으쓱하고 아무 말이 없었다.

'나영, 너를 응원해.'

나영은 수첩에 꾹꾹 눌러 이 말을 적었다. 자신을 응원하겠다는 그 말만으로도 나영은 낭떠러지가 얼마나 깊고 험하든 간에 무서워 떨기보다는 마지막 가장자리까지 맞서보고 싶었다.

나영은 손 과장 앞으로 이메일을 보냈다.

손 과장님.

신뢰할 수 있는 좋은 상사로 제 마음에 남을 수도 있었는데 이렇게 된 것은 유감입니다. 제가 수차례 손 과장님에게 성 수치심을 느끼게 하는 행동을 자제해 달라고 말씀드렸지만, 손 과장님은 무시했습니다. 도리어 제가 먼저 고과점수 때문에 과장님께 꼬리 쳤다는 망발을 퍼뜨린 것은 용서할 수가 없습니다. 저한테 솔직하게 용서를 구했으면 이렇게 일이 커지지는 않았을 것입니다. 회사에는 사표를 제출하겠습니다. 사실관계를 확인하기보다 회사의 이미지를 위해 사건을 덮으려고만 하는 회사 측에 환멸을 느낍니다. 저는 과장님이 잘못을 시인할 때까지 계속 싸울 것입니다.

나영은 회사 앞으로도 이메일을 보냈다. 나영은 이메일을 보내고 나자 자기 안에 답은 이미 있었지만, 회사에 대한 미련 때문에 못 찾았다고 생각했다. 손안에 사탕을 가득 쥔 원숭이가 병에서 손을 뺄 수 없었던 것처럼 나영은 회사에 집착한 것이 자신의 욕심처럼 느껴졌다. 나영은 홀가분함을 느꼈다. 고소와 회사라는 두 마리 새를 다 잡으려 했다가 회사라는 새를 미련 없이 날려 보낸 지금은 손 과장이 사회적으로, 법적으로 책임지는 것에 열중할 수 있을 것 같았다. 나영이 하지 않는다면 나영처럼 당하는 여직원은 다시 생겨날 것이다.

영자가 방갈로의 문을 두드렸다.
"누가 찾아왔어. 손 과장이래."
나영의 얼굴에 핏기가 없어지면서 창백해졌다.
"그 사람이지? 쫓아버릴까?"
"아니에요. 만나겠어요."
영자가 조심스럽게 나영에게 말했다.

"혹시 내가 옆에 있으면 불편하겠어?"

"그래 줄래요? 옆에 있어 주세요."

나영은 영자가 옆에 있으면 손 과장이 자신에게 함부로 말을 하거나 협박은 하지 않으리라 생각했다.

손 과장은 등나무 벤치에 앉아 있었고 나영을 보자 더러운 것을 봤다는 듯이 고개를 옆으로 돌려 침을 뱉었다. 나영은 그 침이 자기 얼굴에 붙은 것처럼 얼굴이 화끈거렸다. 영자가 주스 세 잔을 들고 와 등나무 탁자에 올려놓았다. 손 과장은 옆 탁자에 눌러앉는 영자를 힐끗 보다가 영자가 일어설 기미를 보이지 않자 나영에게 고개를 돌렸다.

"여긴 어떻게 찾았어요?"

"흥신소가 있잖아. 돈만 주면 그 애들 뭐든지 다 찾아줘. 큰돈이면 사람을 감쪽같이 사라지게 할 수도 있다고. 나영 씨, 꼭 이렇게 해야겠어? 나 이번에 큰아들이 대학 들어갈 거야. 나 좀 살려주는 셈 치면 안 돼?"

손 과장이 비굴하게 웃었다.

"손 과장님이 잘못을 인정하고 용서를 구하는 게 먼저 아닌가요?"

"조그만 일 갖고 큰일 만든 건 나영 씨야."

"잘못을 인정하지 않는다면 저는 끝까지 갈 거예요."

"뻣뻣하네. 나영 씨, 이렇게 고지식하고 뻣뻣하니까 남자들이 없는 거 아니야."

"그것도 위험한 발언이에요."

말하는 나영의 목소리가 떨렸다. 영자가 참지 못하겠다는 듯이 탁자를 탁 치면서 말했다.

"남자들이 있다느니, 없다느니, 당신이 무슨 상관이야?"

"이 여자, 마음도 몸도 다 줄 것처럼 헤헤거리다 조금 대시하면 성희롱입네, 성추행입네 하면서 고소하는 여잡니다."

"이 사람이, 당신 대체 뭐야."

영자가 발딱 일어섰다.

"내가 이렇게 찾아와 비는데도 나영이 너, 나를 찬밥 취급해? 그래, 내가 너 좀 예뻐서, 예쁘다고 어깨도 만지고 손도 좀 만지고 그랬다. 딸 같아서 그랬어. 어디 해볼 테면 해 봐. 이런 거 다 고소하면 대한민국에 고소 안 당할 남자 없으니까. 마음대로 하라고."

손 과장이 위협하듯 주스를 내왔던 쟁반을 나영 앞으로 확 밀면서 나갔다. 나영은 움찔 놀라서 몸을 뒤로 피했다. 영자가 걸어가는 손 과장 뒤에 대고 소리를 질러댔다.

"야! 당신 여기 다시 나타나기만 해 봐. 업무 방해, 주거침입으로 경찰에 신고할 거야. 나영 씨, 괜찮아? 저런 인간말종에게 마음고생 했네."

"괜찮아요. 아까 손 과장이 한 말 여기 다 녹음했어요."

나영은 웃으며 핸드폰 녹음 기능을 껐다. 손 과장이 자기 입으로 나영이 딸 같아서 만졌다고 얘기한 것이 그에게는 족 쇄가 될 것이다.

나영은 눈을 번쩍 떴다. 검은 그림자가 보였다. 나영이 깨 어나자 검은 그림자는 나영의 입을 막았다. 한 손으로는 나영 의 치마를 걷어 올렸다.

"그래, 나야, 나. 손 과장. 너 때문에 난 좆됐어. 회사에서 너 대신 나를 자른다잖아. 내가 회사에 공헌한 게 얼마나 많은 데 나를 내쳐? 다 너 때문이야. 네가 고소한다는 게 소문나서 다른 애들까지 들고 일어섰어. 티 나지 않게 만져주고 그랬는 데 너네도 좋았잖아. 너도 이런 걸 원한 게 아니었어? 만져 주 는 걸로 만족 못 한 거 아니었냐고."

나영은 손 과장의 등을 때리고 발로 찼지만, 손 과장의 완 력이 대단했다. 나영은 숨이 막히기 시작했다.

그때 방갈로의 문이 부서질 듯 열렸다. 영자가 마당에 나 왔다가 손 과장이 방갈로의 문을 따는 것을 보았고 아들에게 가서 알린 것이었다.

나영 말고도 회사로 손 과장의 성추행에 대한 투서가 들어와서 손 과장은 예전부터 은밀하게 여직원들을 성추행한 것이 발각되었다. 손 과장이 사장의 처남이라서 드러날 뻔했던 일도 덮어졌다. 그러나 더는 손 과장의 과실을 덮을 수 없을 정도로 일이 커지자 회사에서는 손 과장을 자르기로 했고 그것에 앙심을 품어 손 과장이 나영을 찾아왔던 것이다. 회사에서는 나영에게 위로금과 함께 회사에 계속 다닐 수 있도록 해 주었지만, 나영은 사표를 반려할 생각이 없었다.

나영은 서울로 돌아가기 위해 짐을 꾸렸다. 누우면 파도 소리가 같이 눕던 곳, 별도 말갛게 바닷물에 씻기는 곳을 떠나기 싫었지만, 나영에겐 마무리해야 할 일이 있었다.

영자는 나영에게 관광상품으로 만들어진 테왁을 내밀었다. 실제 테왁을 작은 크기로 줄였지만, 테왁과 같은 소재를 쓴 것이라 했다.

"고맙습니다."

나영이 영자에게 손을 내밀었다. 갯벌 속에 숨어 있던 조개의 살이 조심스럽게 조개껍데기 밖으로 발을 내민 것을 본 것처럼 영자는 나영의 손을 물끄러미 바라보다가 웃으며 마주 손을 잡았다. 영자는 많은 말이 필요 없다는 듯 집으로 들어갔다.

나영의 푸른 휴가가 끝나가고 있었다.